U0130976

八尺雪意

廖偉棠

目 次／

二

三

八尺雪意

好世界
當裁亂雲灑金箋書之。

我有八尺雪意
一尺贈與徐玉諾
一尺贈與馮文炳
一尺贈與芥川龍之介
一尺贈與迅哥兒。

還有四尺我自己留著
夠打一條圍巾
垂在雙手懷抱中凍著
夠凍一個孤獨湖
夠蓄一尾石頭魚
的。

2012.3.27零時

一

白鑽石

一個人要有多大的勇氣、
多深的決絕,才能在來生轉世為
亞馬遜森林裡一個低微的生物?
蜥蜴、毛蟲、或者雨蛙,
在探險家的鏡頭對準牠時不斷躲避
藏身於一片中空的樹皮。

朝生暮死，或者老得忘記了年歲，
認識的只有暴雨、雲霧、不同的葉子。
但是那又怎麼樣呢？如果他足夠神奇
他還可以在下一世變成
凱特瀑布上空的雨燕，
與成千同伴齊飛，不記自己是誰。
成群環繞著洪流，飛進飛出瀑布後背
（無人曾見的黑暗深處）
僅僅依循宇宙的規律。

如果你是那樣，
一個真正的男人或女人，
你就是我曾在拉卜楞讚美過的仁波切，
就是在亞馬遜氤氳中升起的白鑽石。
那在混沌泥水中打磨一顆顆星的柔力
也打磨出你的稜面和光芒，
像圭亞那的千山，整飭、完美，
依循宇宙的規律。

2006.4.14—15（看荷索同名紀錄片後作）

西伯利亞

我知道千頃靜雲下面仍是悲風凜冽。
一千年前，寂寞的騎兵馳過，
敲打著自己的骨殖，暢快地唱野獸之歌，
一千年後，這裡或被重新發現，
但今天我的影子閃爍，知道每朵雲的名字，
卻不能叫住其中一個。

我乃知道我亦是千年前被俘過此地的宋人一名，
亦是拽著雲朵放牧的傢伙，
和我的白俄同伴，各自唱各自思鄉之歌。
而鐵蹄就響在我耳畔，
我兀自做著夢，大聲叫囂而醒，
慶幸我仍能暢遊這雲海漠漠，
吹奏笛子在這些瘋掉了的星辰之上。

是的他們爲我而瘋，這星，這雲，這浩蕩群山。

我知道我乃是千年後倖存的微塵一顆。
從東面的海濱上跳躍起來，和風中萬物一道：
降落在斯維爾德洛夫斯克。

那時，你也將是在萬丈高空中含笑看我的一人，
一人舞著、彈著三角琴，流浪過一年一度的西伯利亞。

2006.4.24北京飛哥本哈根機上

蒙克

三次站到蒙克《抹大拉》前
才意識到自己的臉後面
是一具顱骨，嶙峋、凸凹，
它呼嘯著穿過薄薄的皮膚，穿過
信、望、愛。一如它穿過抹大拉的美姿容
被耶穌看見，被他吻，被他珍惜——
從一個道成的肉身，到另一同樣的肉身。

我們必朽。可我們能把我們的骨頭
收拾成形式之美，擺成火焰模樣，
磨成劍，刺向虛空。
虛空乃是沒有聲響的撲滿，
可我們滿載而歸，就像蒙克晚年所見
我們懷抱的色彩灑落了一地，
混著太陽、春泥的顏色，就如金子。

2006.4.29奧斯陸

烏蘭巴托

寒流仍如鐵馬流，年年襲
年年敲鐺、鈸如張揚的夜行軍，
但我是敵方的細作，含枚者，
刺殺過一個無足輕重的可汗。

又一夜我打開廣播收聽，
寒流的訊息換作了陰謀的訊息：
蒼白的將軍粉碎如雪，他必死，
他的萬歲主子也必死，這之間我降生。

而我也必死，用暫時明亮一瞬
的眼，調整了高空中的攝像機
俯瞰雲絮如何將蒙古草原撕裂。
我張大了嘴巴，吮血般呼吸——

我彷彿看到醉掉的枯草們飛上了萬丈空，
它們鑽進我的鼻孔像初解凍的洪水。
隨即我聽到啟示：「請看顧此詩——
春風吹它百年生，然後它自己生長。」

2006.5.3飛機過蒙古

在和平時期

1

我們流亡在和平時期，對外稱
是一場場即興的旅遊，對內是戰火處處
焚燒我們隨身攜帶的一片深秀。

儘管百姓鏖戰於商業、逸樂，且地產商
一再把他們的山水更新出桃源的血泊，
我們仍追隨了濃墨偏鋒的一筆——

七十年前奧登在中國丟失了衣修午德，
即使他們都學得了古中國人
眸子的清澈。今天，我們丟失了中國。

2

丟失就是認識。在戰時，哀歌
等於愛歌，我們在嬰孩的哭聲中
離開這座城市，趕去溺愛另一座痛哭的城市。

猶如一個巨嬰，艱難轉頭看另一個巨嬰
——他正在產床的中心擊掌，他似笑
尚未大笑，亂發脾氣的時刻還未來臨。

但他已經懂得把RMB換成USD，
把美麗定義爲美利堅。愛歌換作哀歌，
是我們對他唯一的打算。

3

山水酣暢，出落一派悲觀：
人民酣暢，嘔吐各自混沌的畫中天。
在哈爾濱，我們丟失了東北烈士紀念館。

正如我們在洞庭丟失了天下之憂。
在鳳凰丟失了苗人蠱，在平遙丟失了
烽火台。在難民中卻發現了徐霞客。

而不是徐霞村、戴望舒與施蟄存，
二十年代迅速跑出赤色，猶抹血迷眼；
二十世紀迅速跑進黑色，猶能鍍金。

4

寒山碧水有奪命金，
黑山白水又如何？
祖國遽然對我們變臉。

你在光前揮手，帶出熠熠
是我們的旅程，露天電影燒著空白
的一段膠片，黑山白水，又豈不是黑水白山？

祖國呵，我在胸中細理那栩栩柳煙，
那都是你扔棄給我的，那都是我藉以
偷渡戰火的盤川。

以上2006.5.14.夜作於哈爾濱至北京T18列車上

5

從東三省下到北平，人民怒而不爭，
從關外回到北京，人民的甲兵
一致向內。宣傳移動著邊界

修訂著規矩：酒肉換作了榮辱
仍然與酒肉同義；擊柝者搜集民謠
竟相當於與虎謀皮。

在北京桃花仍然蒙塵，夜行之，晝伏之，
最後一個暗殺家找不到菜市口，
在美術館剖腹，為無名山再增高一米。

6

資本也自詡過自己的非俗之美，
我們見到他演出，從街頭到電視，
他聲嘶力竭帶領全國翻新：

在北京他如水蛋體育館般可愛，
在上海他是一個老賭徒喬裝了新手，
並隨時準備獻出自己陳舊的私處。

而事實是動物園門前豎立了京巴狗
足以令萬獸噤聲，既然狗要吠叫
人民要合照，我們何必絕食，咆哮？

7

來自陝西的灰北京中午吃清晨吃，
結果卻吃得越來越像一個江南胖子，
只有西山依舊，山陰仍擁翠微。

溪水漲，載酒可以行，
韓博不是韓愈，虛無猶迎佛骨？
高曉濤也不是高適，刀劍殺出羅漢？

王煒離開王維，假裝戍邊。我離開北京
假裝擁有李賀的夜色，**轉瞬間**晞薄——
來自渤海的日出我們黑夜裡吃。

8

國富山河在，歌舞幾時休？
腰纏百萬貫的人過了揚州到杭州
正好煮累死的鶴，而我們索性幫他拆琴。

焚琴的木炭從江南一路扔至嶺南，
一路鏗鏘有聲。今天，美景需要塗鴉手，
古琴只是量販KTV裡的幫兇。

而我們需要更黑的顏料畫城市的真容，
首先如木刻刀剜出一九一〇年的滬杭線！
接著洗筆，如洗秋瑾血，把西湖洗成墨池。

9

悲傷的是山水抬升了地價，還兀自秀麗，
黃賓虹的叛軍已經被逐出國外，
悲傷的是雲還路過中國，江南自晴雨。

倖存者無傘，暴雨裡過蘇、白堤，
四十年前的冤獄被洗得一乾二淨，
我舉起相機拍攝他，只拍得白茫茫

一圈水氣。他驚惶地揮手拒絕——
「別拍我，這二千年的布景更美！」
要是美是幫兇，我索性上桃花島，入瓦崗寨！

10

是的不可能再美了，山河竟然
未毀，但同時我們胸有草木深，
掄斧斤向此金明，血泊變鳴禽。

四十年前這裡有無名氏，死於無何有之國，
仍如張志新，仍如劉和珍、徐錫麟，
一百年前這裡有舞骷髏者，笑如刑天。

一百里金粉地，他作無常傀儡戲，
我是北宋賣眼藥者，滿身眼睛過臨安，
繞而不入人血饅頭之肆。

以上2006.5.20.晨作於杭州

11

「你們誰記得五月十六日？」我在夢中怒斥，
夢中人皆歡喜，皆組織遊園會嬉戲。
一個噩夢。我也險些不能記起。

美也在修訂規矩，西湖空明，
底下有上千年的淤積：全是雲的殘骸；
而陶成章的東湖，更深百尺。

噩夢淋漓，列鬼環繞，即使遊人都爍金
也不減鬼們劍中英氣。舉國疲軟
只有他們駐足處牢如釘子，即將掀起亂世。

12

日復一日我們看見風蹚過烏雲
隨我們流亡在和平時期。鐵軌在生變、
氣流在生變、廣州深呼吸著城中村。

美也在呼聚不美：在山西仍有65人
困於煤井，他們的骨頭在黑暗中移動
發出錚錚聲響，不亞於嵇康和莊周之歌。

不美在犧牲，成為新的美。
颱風穿過東南沿海，
嶺南的竹樹兇猛碰撞、結集。

2006.5.23.終稿於香港

西行絕句

1

這裡是誰的長安？在北京
一箭之遙偷偷繁榮，借風洗錢。
我開殘卷，操方言，費勁地向西安人描述長安，
理解我的只有玄奘：背篋空空，斜打錫杖向天。

注：6月14、15日遊西安，其繁華令人詫異。

2

鐵汁鑄了秦嶺，而渭水獨傷心
成就了文字滔滔。不可解，飽讀老杜百首
秦州詩，仍然赤貧。月色飢餓，襤褸的雲
仍要在戰火再熏黑天前翻越岣岣群嶺。

注：6月16日抵天水，火車上觀秦嶺、渭河，夜於酒店讀杜甫《秦州雜詩》，翌日遊杜詩曾賦
　　之南郭寺。

3

在佛的低處，旅遊業翻身，
他們才是真的孫悟空，行方便與牛魔王，
在麥積山，他們把佛的黑臉也委與文化大革命；
那彩臉呢？就說是我吧，我的歡喜委與豬悟能。

注：6月17日遊麥積山石窟，部分佛像顏色因為化學反應變黑，導遊竟說是文化大革命紅衛兵
　　所為。

4

友人仍在雪山鬱結處劈柴，
弟弟仍在嶺南，打翻我的新墨。
啊，嶺南，露從黃土深處是否仍能透出白？
渭水涵盈，仍讚美了無情。

以上4首2006.6.19寫於敦煌

注：杜甫《秦州雜詩》有句「清渭無情極，愁時獨向東」、「露從今夜白，月是故鄉明」。

5

黃河難於無情，早已沒有冰塞川，
她被沿途的孩子榨乾，但源頭洶湧如春。
黃河謠只有離開了蘭州的人在唱，而唱的人
死於北京。我在鐵橋對面，突然拔出了他的惘然劍。

2006.6.20寫於敦煌

注：6月17日夜抵蘭州，反覆想起來自蘭州的野孩子樂隊曾歌之〈黃河謠〉。

6

興建中的312國道，在荒蕪上快速地盤結出許多錯誤，
荒蕪敞開著，寬容了我們如駝草般跳躍；
我往酒泉，差點去了西寧；我遠征武威——
臆度中的故鄉，卻成了涼州出發的未歸人。

注：6月18日走312國道出蘭州奔西，首站武威，族譜有記，我祖源出於武威。

7

誰是未歸人？陰鏗，李益？姓廖的某個信使？
出了涼州城門便東奔，把西涼王的書信
當作鬼符，一把火燒於秦川驛站。
我再次向武威人表明身分，但他們窮搜我身。

注：陰鏗，李益均為古武威出身詩人，但終身未返武威。涼州，武威古稱。

8

312國道仍是錯誤，讓祁連山一直懸浮
如海市，修路工都像西域苦行僧，向空中沾鹽
取來苦海洶湧。我也啃咬一口，在山丹
新長城挖破漢、明長城，終成死城。

注：312國道仍在修建中，其中山丹一段與古長城相交，截斷後者。

9

焉支無顏色，祁連有顏色嗎？
它消失於雨，一滴重於河西千里鹽鹼。
山海不是關，嘉峪有關嗎？
春風不度，惡鬼風、饕餮風能度我嗎！！

以上4首2006.6.21寫於柳園至吐魯番火車上

注：6月18日過武威、永昌、張掖諸郡，子夜抵酒泉，19日上午登嘉峪關。

10

燕鳴啾啾，人哭勿勿，從酒泉到敦煌，
燕鳴啾啾，多少未安魂！嘉峪一角、
鎖陽一城、鳴沙一山！燕子淒聲前後，
我知道沙礫蝕乾了雨，而你征袍不乾！

注：6月19日下午走野路赴敦煌，一路多鹽鹼地、古戰場。

11

徹夜我夢見大沙丘窸窸移過
敦煌山莊仿古華屋，沒我頂，鎮我影……
翌日我立月牙泉畔不敢自照：我入莫高窟
不敢聽鬼神爭吵；我更夢秦淮，群舟飾彩、競渡……

注：6月20日遊敦煌鳴沙山、莫高窟，夜至柳園坐火車去吐魯番，一路迷夢連連。

12

滿窟鬼神靜寂，連雷公，也不使羽書馳，
當年今日，有人死一個風風火火的死。
緊急！緊急！列仙請張傘、請慈目、請斂眉：
有遊魂不羈過此。我含枚西犯，你是否披冰東去？

以上3首2006.6.21寫於吐魯番
2006.6.26終稿於香港

論神祕

1

接近黃昏，我們乘坐的客車
才駛至東莞。話題落入神祕，
神祕如小獸咬嚼我們的衣裳，聲也小。

空氣在車窗外變亮然後突然落入雨境，
神祕把你的袖子咬出了浪形花邊，
我卻沒有袖子，我向它送出鼻子、眼睛⋯⋯

車子在潮濕中消失，你彷彿一個背過身
撫弄古琴的人，背過身，衣上卻開了一大束紫花。
但雨中景攫住了我：船停泊了百年，河未枯，

岸邊建起了連綿空亭，亭旁邊竹子密了，
竹子後面的足球場，黃衣少年們還在等球落下⋯⋯
神祕向我捧出了童年的一畝畝芭蕉。

我知道有一個世界就是這樣。它和戰爭、貧窮、金融
與房地產之惡無關，也許只由雨幕和沙洲組成，
就在你的耳語中呈祥……藍色面孔，電光隱隱，

當我們出門，它就如影隨形。

2

第二天回家，坐火車。霧時散時聚──
實際上同車人也許不覺有霧，只有我在呵氣霧、
輕捏霧、摸霧的唇角。你向我問霧的發音，

「f……」後來你就睡著了。霧因此洶湧起來，
吞嚥鐵軌如麵條，群山隨即也溶解，光也暗，
「f……」我賞霧如吸菸，「m……」

我猜我是小刺蝟找不到小熊，
拾著籃子孤零零在霧中；我向霧講故事，
霧便演戲，霧是一個陌生的行腳僧，

把我的村子變成鬼魂遊蕩的戲台，
甚至辨不出貼尉遲恭的木門、母親撒米吆喊……
我夢見我在黑霧裡喝著孟婆湯。

記住的都是美好事情，惡人也舞蹈，
手中書種種悲慘（烈火、工傷、庸醫和壞政府）
彷彿也學會了歌唱（像外婆出嫁時所唱）。

我一頭衝進霧中洗沐，霧中蓮蓬滾燙，
而我將大笑、大鬧、大哭一場。我知道立秋了，
節氣將頻繁，風安慰了霧，

給我們遞上新的衣衫。

2006.8.9赴廣州採訪歸來

忠州

黃昏初至，天還沒暗下來，
我們已經在層層下遞的街道迷路，
不覺中去到了新城的另一面。

轉彎處的廢品收購站，與窮人的菜市場
毗鄰，氣味也趨同；腳下打滑，
我們趕緊轉往另一個方向，

仍然不是我們想像的往長江之路，
而是一個更髒的批發市場在下層，
地上彷彿塗了動物內臟和油脂。

我們加緊穿過，匆忙中只見賣梨者
伸手托出一個乾淨心；清潔工也揮帚
用力把我們掃出這個街區的沉寂。

街已經不像街，人仍和麵、升炊煙，
雜遝的江邊堆滿空屋的骨架、無來由的巨石，
江的遠處仍渺茫如昔：虛構著古意。

這也是長江的一個峽灣，旅遊指南所不載，
山的層疊無異於GDP內的階級，
層層隱入浮散的資料。

2006.8.19至忠縣忠州鎮22日寫

重慶

抗戰的痕跡還殘留在城市的邊緣，
嘉陵江和長江的北岸，李子壩
和南紀門，房屋仍漆黑
即使只拆剩了骨架仍漆黑、倔強。

即使這漆黑和戰火無關，
他們仍在反抗。每個坐在鳥翔般輕軌車
上的人都能看見，黃桷樹高大的懷抱
捧出真相：人們仍做飯、乘涼、朗聲笑。

他們的尊嚴和我無關，
正如他們的嬉皮、快活也同樣和我無關，
但他們的憤怒卻至關重要；

岸邊的人都在眺望乾涸的江面，
水降到了極限，河梁已經突現，
游泳的人在淺灘上幻見洪水狂捲。

2006.8.24暫居重慶

憶路上人

秋光劈成了柴片，低燒著夜，
我夢見兩個人在路上向我揮手，
彷彿他們走的是銀河裡的迷宮。

我卻知道他們在陝西、在甘肅、
在河西走廊迷了路，他們在祁連山下扔石
扔出的都是飽凝寒氣的星星。

他們一路上顛簸著光，火焰咬手，
痛得讓人唱了一支山歌，在山陰
那就是尕妹子那個河水，流啊流不到盡頭。

但是山已破了，天已黑了，

消瘦的黃河邊上建設了巨大的國道，
黃土疙瘩壘啊壘不成黃風怪的城堡。

我夢見的兩個人，一個吹著笛子，
一個搖著牛鈴。我身上流浪的兩個人，
一個搖出了敕勒川，一個吹出了花千樹。

他們一路上顛簸著光，火焰咬手，
痛得讓人唱了一支山歌，在山陰
那就是尕妹子那個河水，流啊流不到盡頭。

2006.9.29病中

最好的時光

現世糟糕，我飛離寒冷的香港，
飛過炎熾的台北、脂粉暖人的北京，
在飛機越過東京的淫雨之後，
白令海峽終於圍抱著我。它沒有定語，

彷彿安慰。飛機及時播出《最好的時光》，
侯孝賢傷心，傷心得一塌糊塗，
精心選擇的悲歌縈繞我剩下的旅途，
那音樂一再沉落、一再委婉，
那男孩傾訴如我年輕時絕望，絕望但馥郁。

沉重的鮮花開滿那些孤寂時光，
我嘆飲那流金的夜露，兀自書寫
花葉點綴輕若無物的朝雲。

這是最好的也是最壞的時光，
我仿若狄更斯的幽靈遊蕩在北美大陸，
在安大略湖邊，托著頭好像一個印第安人
托著死鷹的羽骨。

多倫多陰晴變幻，我在黑暗中
嘗試抄下去國的梁啓超寫於馬關之詩、
廖偉棠寫於北京之詩，皆嶄新如雪，
黑暗裏入舒琪薄旗袍，裏入我

歸程如餓鬼道。回來的飛機壞了，
我不能再看一遍《最好的時光》，
只知道白令海峽遠遠鋪展，左右伸開雙手：
亞洲和美洲，它豁達依舊、一如絕望依舊。

2006.10.12多倫多－10.21多倫多飛香港機上

晨曲

晨光拍打我猶如一個
粗野的小母親，在七點鐘的北京
五環，而北京才是那肥胖的嬰兒
巨大且蹣跚。

我不是護士，也不是單騎
入敵陣的趙雲，儘管戈戟森然
羅列如漢歌韻腳 —— 晨光
轉折，驅動悲哀的十二月。

它剖開北京最後的現實：
北宮門以東的荊棘、轟鳴的解放卡車、
裸露車斗上靜穆的馬群 ——
鬃毛長而凌亂、隨風蒙眼。

我南望荒蕪的群樹、淚水也隨風蒙眼。
「不爲物哀」， 晨光卻剖開了我的果核
取出苦仁，北京的混凝土加玻璃鋼
結構，於是分散。

日出照萬戶，不爲你我照耀，
我們像建設奧運場館的每個民工
終被掃回家鄉，晨光拍打他們
猶如放蕩了一夜的繼母。

不再認識我們身上的傷痕，
不再寄希望於塵埃中的人群，
不再歌唱、凜冽的寒流割破喉嚨，
不再激烈、鬧市中靜立 —— 旋轉 —— 舞劍！

這晨光。我曾脫下她單薄的衣裳，
綢子滑過溫熱雙乳……我曾經是流浪漢，
水泥管中作夢 —— 如今我隨著嘶鳴的大馬逃離、
四蹄踏裂 —— 迎著晨光。任憑北京嗚咽。

2006.11.28車出北京赴機場—12.1香港

夜機上讀陳三立先生傳

手術刀般的鏽雲割分天際
的淤血，神州仍似陸沉。
起飛者無力牽引，頃刻流逝群山。

獨立江右者誰？一人如劍匣
收混沌春寒入江峽、谷壑，
他已作深水遊，我亦潛藏，亦乍驚。

我亦如烏黑的空中蛙，食你看山夢：
荒徑曲盡，漁樵俱亡，新生兒
如拾穗老人撿拾這一地的建造業……

這是114年後的看山夢。照我黑暗中
吞劍的是艙外長庚——錚錚復錚錚！
「胸有萬言艱一字」，我夢見身下滄海都結冰。

2007.3.31夜機離京返港

順化

1

花鳥繪成碎瓷，空中
粉蝶食一萬，舊時宴席閃閃
端盤者，骷髏一尊。

他從暗牆中出現，雙龍
亦剖腹耳。骷髏無聲笑，
異國字寫的詩，異國錢買去了。

買不得也哥哥。素馨花開落
我日夜夢見我家的三株。
在異國的童話中，叫做雞蛋花。

骷髏也不是翻譯。我日夜夢見的
我的深宮，盡沒在兩千年雨季濁水裡，
烏魚編織了億條荇藻。

2007.10.21越南順化

2

你是你的奈何橋，
我是我的歎息湖。

落葉終於腐爛了故都，
龍走著龍步，貓游貓泳，
你含一片花瓣水底看著。

水底羅列了星斗，來自國朝
的使節寫了一篇賦就用盡了
它們的光芒。

你是你的水晶蟾，
我是我的罪己詔。

2007.10.22順化至胡志明市火車上

注：順化是越南古都，皇城所在地，現在幾近廢墟。

美山

我們在廢墟上修建廢墟
像培育一株植物，不知名、不知屬。
果子結了佛像，斷了首
向黑壓壓的轟炸機，舉起一捧笑
黃如最富饒的一翻泥土。
而我是雕刻了往生圖之底座，
也是石頭花莖，高處的沉重飛旋的序。
然後牽一頭白牛走過，走過
你的家門、你的池，咀嚼你的蓮華。
善哉，你手指處是無說話的殘缺：
天空也頹圮，一座大寺
美山美山，水漱，我的齒落。

2007.10.29峴港至河內火車上

注：美山是世界最大的占婆遺跡，位於越南會安附近。

我的北京

我的北京失落在二〇〇一年，
失落在趙老大的一句夢話中，
我的涕泗交流的、悲欣交集的北京城哪！
現在已經七零八落。

我的北京失落在二〇〇一年，
一回回一回回聽那野孩子的歌，
一回回一回回聽來一回回的哭，
我的牧羊秋日的、池塘空明的北京城哪！
現在已經脂粉滿眼。

我的北京失落在二〇〇二年，
宋雨喆醉倒在迷笛音樂節的草台上，
吉他燒毀前他已經高如行雲，
那個黃昏黑暗驟然來臨，
我的幕天席地的、換盞如流的北京城哪！
現在已經相對無言。

我的北京失落在二〇〇三年，
你離開了我們，去了那更高的山上，
你離開了我們，去了那更廣闊的海洋，
我的夜馬並蹄的、長歌當哭的北京城哪！
現在已經諱莫如深。

我的北京失落在二〇〇七年，
失落在趙己然的一句夢話中，
這次他還沒有說明白就走下了台，
他還沒有說明白我的北京城已經槍聲大作，
我的北京城已經變幻大王旗——
我的月光如水的、萬箭穿心的北京城哪。

2007.12.9

十四行

來生我願意做一個安達露西亞女子，
跳著佛朗明哥撕碎、拋散自己的一片海。

或者庫爾德高地上的一株櫻桃樹，
看著黑馬來去、花瓣落向老詩人的窗戶。

要麼乾脆是塔爾寺上空的一朵雲，
清淨空中的微雷、旋生旋滅的咒語。

現在我是空餘鐵甲的騎兵，在中國東北
枕戈待旦，聽聞怒雪落滿了黃河以南。

就像上個世紀一個叛變的白俄，流放營中
聽那年輕的西亞人回憶他的妻子和烏德琴。

八千人在積雪上灑著工業鹽，八個電工
在冰封的電塔上過冬，再也不下來這莽莽人間。

我空餘鐵甲、孤獨魚的鱗片——
一片作為燒水的烙鐵，另一片徹夜敲響。

2008.1.31晨

拉薩來信

1

你路過了長江，浪花
仍然在漩渦中游泳；
你的火車已經到達江西，
陽光和桃樹仍然種遍了山野。

但這裡，拉薩早已合上了她的夜幕
在沸騰的海幡裡，在煙火熏黑
的鳥巢裡，在孩子籠入袖中的
金色小髒手裡。拉薩的鳥以什麼為食？

2

小卓瑪的窗子關不上
在風中不停地唱：一條路
穿過沖賽康，沒有盡頭，四通八達
奔跑的青年將在這裡流盡了汗。

拉薩早已合上了她的夜幕。
火星跳起來，在每個人額上烙印；
你路過了拉薩，路過沖賽康，
你吃的青稞麵是苦的，你手中也有火星一枚。

2008.3.19

鹿苑

我們棄車就步，忽而下沉
在白樺林中，帶著拒絕，化為春光

她們齊齊回頭看，齊齊躍起，穿越
遠處斑駁，齊齊駐足，轉頸齊齊探向

並非虛空 —— 而是你我的呼吸
在白樺林中，帶著拒絕，脫下一地花和葉。

你獨獨採走樹椿上乾枯的黃蘑
旋即遺忘 —— 在林子外，萬千螞蟻開仗

是為哪般？你走過一棵倒下的樹如橋
而我在水中牽著你的影子，是為哪般？

春色如飲鴆，我是尾生之鹿，褪盡了
火焰，沉默中燒橋……松花江鐵橋上

開往滿洲里的慢車在火和煙中駛過
中學生塗抹的字跡搖晃，「走過橋

風就吹散所有記憶……」彷彿歌唱
而你我盡忘。她們在橋上齊齊回頭看

我們在林子深處齊齊低頭
舔食彼此新長的鹿角上、夜露留下的鹽。

2008.5.13晨

倒敘

飛一個半小時，我回到民國。
長衫未剪、未洗，下襬處
血汙，混作茜草影。野火仍在
熱烈地批判，台北是青瓷上白花
漫生漫滅。醉中誰敲來聽？

坐二十四小時火車，我回到民國。
一周前的上海博物館，有人
燒半卷董源。烈日下殺人者
用的清末冷兵器，黑暗中展覽。
租界不審，誰呼其名唐斬？

狂奔半響，我回到民國。
坐的是盛世所造和諧號快車，
玄武湖前，眾難民一起洗腳，夕光
仍瀲灩。誰攜誰一起謁陵？
革命尚未成功，金粉淚仍燙滾。

花九十七年，我回到民國。
不多不少，正好立地成佛。
他已經活得不耐煩，在蘇州站
飽餐我的一頓老拳。妖妖紅塵
寒山寺，誰放飛帚到客船？

2008.9.2

過珠海

這裡有我隱祕的年輕時代，
夜鳥翻飛如空氣的鋼筆尖，
空氣中，寫了數百篇草稿。

十五年前舊同學重見
他們依稀辨認了我半夜，
看不出硝煙和聲色。我仍桃紅、
桑青如昔。

正合八〇年代對我的期許，
我右手擎鷹出現，
冒充那死去多年（遊俠多年）的少年

——那時光的偷獵者，
行囊中都是石頭，石頭或者珠絡亂響。
他們傾聽了半夜。

最後他們決定去卡拉OK
呼盧、擲壺，把我賣給颱風過後的海，
我曾孤獨在此，把碎雲
看成一隻野兔。

這裡有我撲朔的年輕時代，
夜鳥翻飛如空氣的箭鏃，
空氣中，滴著清水血。

2008.9.6

憶江南

我們在盆景中窺搜盆景，
窗外是群狼追逐紅猿。
玲瓏了，舊時心打開鏽傘；
微醺了，流水送出荒誕。

一面鏡牆裡，我看見你在冶園，
天漸黑，空中睡鳥叫喚不醒。
危卵上小心，她們傳遞茶盞，
沉香木裡，鏤空人世間。

這是一首律詩嗎？韻兒頗險，
松針兒的的，敲落棋盤。
一百年的好頭顱，一百年誰管？
你做夢吧？一齣《桃花扇》。

將軍原來曾是你翼下傳令兵
十三歲之前唱的是男旦。
我們在園中喀嚓了他的一段寂靜，
神州萬戶突然一片哀嚶。

2008.11.2

一年的最後一天

一年的最後一天，
鐵軌上空美如喋血，
夜戴著若隱若現的銀月小耳環，
對奔馳著的野獸不聞不問，

我的愛因為痛苦而變得盲目。
我的心因為痛苦而變得瀲灩
融入二○○八年最後的血色。
這是痛苦的珠江，我拉著它的銳角
前進。前進。

這是痛苦的中國，劫灰雕琢而成；
我再次學習了我擅長之藍，
它送給我的背包，裝著一卷饕餮的
《山海經》。它將吃我。

前面是湖南、湖北、河南⋯⋯
累透了的巨人
睡夢中仍收拾這花園。
文字開顏，我們尸位而餐。
那一曲老調，取盡了北方的馬腸⋯⋯
我的心爲了美味而撒滿了紅椒。

這一夜它不得不只關心人、人中的孩童，
被返鄉車的高壓電擊中的女工小娟，
被攝影機拷問的僧侶才讓，
被贈與最後一滴食水的小學生⋯⋯
你們沉默了三百多個日夜。

一年的最後一天，狗狂奔著倉皇狗道，
人更無路可走。
小五賣光了他能偷到的電纜，
我申請在這裡下車，在鐵路邊上
爲了取暖，和他一起
燒掉我父親留給我的洞簫。

2008.12.31京九線北上

夜中國

零星的燈火如野火
初生的或將萎的草木仍在蒙昧中起伏
總有舊雪賦予它們輪廓

我不知道這裡是河南還是湖北
只看見在路軌旁的黑暗中有一個人蹲著
他長得和我一樣，他就是我

但他的眼鏡上布滿了劃痕
眼睛瞪得比我大，像盛滿燭光的銀碗
飢餓地在虛空中不斷掏挖

他的衣衫襤褸如這山河
在無名捲揚的烈風中哆嗦
他的手指凍成了青色，仍抓緊頑石一顆

我帶不走他，轉眼我就看不見他了
他身後是整個驟暗驟明的國度
鐵軌鋪出萬千線索，仍抓緊頑石一顆

2009.1.5

寄雲幻主人

換一萬朵雲，空中仍見
陶公雞在塔頂啄著舊魄。
一百卅年，空氣磨出了血跡，
烏雲砌成了堡壘。
竹林嘯聚，南粵遍地蛇腥味，
你卻說只談風月。

那好，我就和你談談風月。
你去後，風急如騎，掀起了
多少人的瓦頂、蓑衣？
竹根處盤繞的鐵蒺藜，
傷了多少強盜赤裸的腳踝？
月亮已暗昧了幾年，
當人民公社塗去它的山和海？

雲幻樓深鎖它的塊壘，
妻妾狂歡、以煙相問，
舌交戰、酒的酸氣越洋……
碉樓如平野上堵塞的鐵笛，
如十六歲即死的俏女兒的紙尺。
燒火是霹靂，不燒火也是霹靂，
凍泥刮痛了牛腹，國事日飛。

雲遠遊，烈日又當頭，
塊塊青磚變幻個個疙瘩字：
有的是天雨穀，意即背面哭；
有的是人耳草，意即音訊無。
好了好了，我只是病馬需秣的代信人，
三個黑衣師太把我勾留於此，
她們讓我寫：老鬼，見字速回。

2009.3.7—8新興縣

注：開平碉樓群有樓名雲幻，其主人題字「只談風月」。

夜成都賦

從琉璃場到窄巷子，沽酒者買無；
成都之名也爲無，人民隱身
一年前的搖晃收斂了琉璃上的花紋。

中心劇裂，東湖上夜火也已縮於一窗，
那是昨夜的窗在蘭草間眺望今夜的我，
一首詩自己讀完，自己湮散：

生存者，「請對誠實的大地
保持緘默　和你那幽暗的本性」，二十個

忠於土地的人和我一起聽，三環內
是二百萬個聾子和我一起驚喊。

九年前的搖晃在川大門口的暴雨中
把我推離，沒有電閃、沒有雷跑如犬；

培根路原來是剁茉場──舊時傘
緩緩遮我進入西南一側星空下的涼、暗。

2009.3.26夜，成都華德福學校

重訪杜甫草堂

舊時蘊慰能傷心，
假風物亦能傷心。
杜甫不再等於本地，
只吹噓一地竹殼。

然而春風也怒號，
狼藉人裝上了刺刀。
我拖這空箱搬運咄咄，
黑石唯認得唐音。

惡睡者做了個錯夢，
夢得她照鏡，爲做夢人驚。
滿城颯颯，黃二娘如雲。

唯其銅像已鏽，丹妝
不再含西嶺、也不飛鴻。
故紙拒簽了故國。

2009.3.27成都機場

心臟

夜機裡你靠著我微小的心臟
它竭力起搏
彷彿它是波音747的心臟，靠了它
這架飛機才能浮起那四十噸的體重在雲上
它竭力起搏
彷彿它是地球的心臟，吐納綠在黑暗中
彷彿它是夜的心臟，把住長風之梢
一點微弱的宇宙資訊
它竭力起搏
是我的心臟，為下一個日出，而交換全身的血液
全身的溝壑與山脈

2009.9.23慕尼黑飛香港機上

盧浮宮埃及女像

她的丈夫的頭沒有了
她的婆娑世界沒有了
她的髮辮編織的快樂還在

蓮花朵朵曾經向她游來
隨之鱷魚瓜分了她的情人
她也渴望過她的頭變成獅首
子宮或胸腔抹上香料

眾星曾經停轉片刻
為了有人要定睛看看她的寂寞
她的寂寞因為我的言葉
記有她的名字，在尼羅河中沉浮

我們傷痕累累、摧枯拉朽走到今天
充滿蛀蟲和防腐劑的世界
她只是斜斜一笑

2009.5.22—6.21

寫給珠三角的驪歌

這些隱約疼痛於大城邊緣
　　彷彿假珍珠鑲邊的光，不屬於我
　　　　也許屬於你，屬於妓女小麗扔下的。

這些回憶起甘蔗林或者細棕櫚的
　　呼吸著珠江水氣的良夜，不屬於我
　　　　也許屬於你，屬於明月藏諸背後的。

這片從來不在地圖上分界的
　　只生長爛尾樓的原野，不屬於我
　　　　屬於他和她，蒙面用銀碗化緣的。

2009.11.2夜自廣州歸港車上作

雲上的中國

這清泠世界亦溝壑縱橫
夕燒拱衛著長庚
流火，你我，
能夠在這顛簸中入睡的
只有異鄉人，
我看見另有一千個我
在舷窗外的冥冥
犁雲深耕
把一顆顆珍珠撒上。

要是千年前，必還有
春牛、旭日或者甘霖，
還有遮頭荷葉一頂，
囊中的幾個漢字
節氣和時令，
凌霄、悲歡，
飛雪便上青埂。
這千里重擔背負我
千里的白如岩如根。

2010.3.7飛機自北至南，旋入黑暗

內壢過路人

機車散開，晨光也散開
高速路上的檳榔血已乾
小布的檳榔膚色
鬱結了石灰的青寒
她在路邊玻璃屋裡
給自己養了一隻小兔
暖和裸膝與指節上的雪痕。
阿邱和老黃的雜貨屋
則抵著鐵軌震動，正午的火
運不回屏東或基隆
他們在野花叢中養了七把刀
喙趾也如他們的唇舌般紅。
出租屋裡，小倩和阿攸
喝光了半輩子的小米酒
阿美族的楊先生把下輩子的
也喝完了，他母親的心臟
在三百里外暮靄中漂浮。
水果攤老闆娘張媽媽
想起旗山的熱，削光
一只鳳梨一只蘋果

在這裡眺望混在士林的兒子
也有同樣流利的刀去切割夜色。
彭伯伯不認識李伯伯
李伯伯的鄭州機關炮也
不認識彭伯伯的衡陽夢
他們跟隨過戴笠或陳誠
撿拾過人骨或稻穀
現正分居在自立新村的兩端
猶自酣戰在古寧頭的南北。
今夜他們她們都安睡了
夢見我所不能理解的幸福
還有更多我所不能夢的
蔓草青藤間的螢火
越冷、越亮的螢火
我全部的欲，裝不下它的熄滅
我全部的無，裝不下它的劇烈。

2010.3.19台北至香港飛機上

惠州到深圳的夜車

在惠州西站撿起我的時候
K1039次列車已經走得很累,
它撿起了一個這麼重的人,
這麼重啊,蓮花山和大亞灣都不理解。

從鄭州睡到東莞的少年
也不理解,但他夢見了儺戲的夜神
赤裸著舞過,把一畝畝稻田染藍。

叫賣神奇鞋墊的女列車員
也不理解,但她隨著兩條鐵軌的離合
搖晃,想起了青紗帳中甘甜的臂彎。

我坐在一車流人的群、興、怨中間
漸漸成為了一株無知佛像,
在竹聲欸欸中拔劍,不語,不悲傷,
一路交杯與風雷雲電⋯⋯頑石一樣。

2010.5.21夜車上

雨燒衣

雨已下了很多，
雜草隨著遺忘而叢生
—— 庇山耶

雲燒衣，然後雨燒衣
在福隆里，在夜姆斜巷，點點
滴滴，在東望洋。
一海都是你聽不懂的粵音瀲灩。

庇山耶，你幽衣幽綠，不待人燒。
那麼燒我罷，我是空心哪吒，不是鬼王
我是折八臂者藕斷絲連
待雨水燎火割斷……

彼山夜，你並沒一朵蓮花作嫁
阿芙蓉半繫黑襟，入花船
淅淅瀝瀝，一九二六年
在馬交小島，我們交臂全是陌生人，

平托遠遊於我羅鴦帶上一座牢獄，
我遠遊於你落山風上一間禪房，
她們在冷湖上交遞冷火焰
你在我的青磚屋火塘中燒——

雨水雨水，雨水加於你熱病的額
如同落與另一個鬼佬魏爾倫。
這是我的雨水，攤開是北國一城
紙紮宮殿。

今日你的名字下是一間大押
典當拉丁文的德成按。
你睡過的，所有鳥變的女人
都押走你一個說鴨子話的喉。

燒我罷，我是哪吒，你是雷震，
被捆仙索已經綁了多少年？
你我何者是前身？
漫向太虛，淅瀝燒，淅瀝問。

2010.8.23憶澳門，兼祭庇山耶等遠遊鬼

注：庇山耶（Camilo Pessanha，1867—1926），葡萄牙象徵主義詩人，1894年到澳門，任
　　司法官、教師，同時研究中國文化，生活頗放浪，死於澳門，葬於澳門。
注：平托（Fernão Mendes Pinto，1509—1583），葡萄牙旅行家，著有描寫東方遊歷的《遠
　　遊記》。
注：「何者是前身漫向太虛尋故我」，是澳門大三巴哪吒廟門前一聯。

北陸俳句集 (選)

1

小松東行道，
夜腹空如戈壁砂，
四年前敦煌的大海。

2010.9.13寫於小松機場往敦賀的夜車上

4

「雨注意」，
當年芥川初到西湖，
眼前也是一片黑。

2010.9.13寫於敦賀一老式酒店內

6

若狹岬，
機車的油缸滾燙，
奔馳一千公里，一個人的情死。

2010.9.14寫於若狹岬車上

7

出海出海，
這裡也是世阿彌的出海處，
斜雨兼劇浪，不見地獄門的鬼啊。

2010.9.14寫於金澤酒店

注：世阿彌，日本室町時代猿樂（今能樂）大師。

8

夕顏就是葫蘆，
葫蘆裡有人獨坐大雄峰，
但大雄峰上無人。

2010.9.15作於金澤，兼六園

10

能登遙遠，
海中老頭飛起來了，
追捕者啊，還在三十年前趕路。

2010.9.15作於能登半島千里濱車上

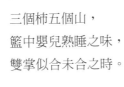

11

三個柿五個山，
籃中嬰兒熟睡之味，
雙掌似合未合之時。

2010.9.16作於富山縣五個山合掌村落

12

彌陀也翻山，
雪盡崎途見，
繁花包圍飢累漢。

13

霧中有個好地獄，
我即食混沌，
道旁立千年。

2010.9.16以上兩首作於立山車上，彌陀原與地獄谷

夜巡山

黑與我互相撫摸彼此手腕
我和他四手互搏
誰也摔不倒誰而夜
湧進車窗車行著山
山行著車車中
我肩扛著山不費點力

東涌貝澳梅窩鹿地塘
我運轉如夜半有力者
一座座山屏息附我
山根生進了我的肩胛
小鹿在我腰間飲血
魚與它唇吻

潮汐漲溢了銀礦灣
若我死，我就是自戕的獵人
山仍大如你暗如你，細唱如你
在天際燒一叢野火炙我
船在山影中做夢
我是被她走私的槍械

我在大嶼山尋一處地方
把我們藏起來
讓那些折柳葉的摘桂花的
一對對新人找不到我們
我們舊了，像野水牛一樣
海灘上搭起帳篷生起籬火

2010.12.6

金瓜石風雨中夢北京

一隻濕透的小黃狗
載這陰陽海颶風旋轉
在金瓜石，像我瘋了的少年
時而靜候瓦簷下，望滿山燈
沿風的軌跡巡行。

我瘋了的少年此刻蹓躂在北京
河畔，雪和大夢初息
冬泳的紅衣人無言下水，
我夢見自己是一瓶酒
在我瘋了的少年時代變作清明。

紙門外有人交杯換盞，
我也裸身入冰，與一眾老年冬泳者
交換我的體溫。大醉初息
舊人在水中嗒喋陳舊的初吻，
我游過了我，游向她、他、它……

這太虛依然在海的壁壘上下攀緣
冰河底下柳枝在飄搖，
我瘋了的少年大汗淋漓，憑空歌唱
「大夢一場的尚小木先生……」低頭看
晨山上自己的蹄印寥寥。

2010.12.15晨台灣金瓜石

歲暮又寄馬驊

故人入我夢，明我長相憶。
　　——杜甫

一年又過去了，江河又冰封。
一連兩夜，我們夢見你，
半夜醒來，互相訴說，
沉重地呼吸著本屬於你的呼吸。
空間缺了一大塊，
你坐著，空間仍缺了一大塊。
我的夢是一個政治大片的拍攝現場，
你飾演某個元首，我飾演採訪你的記者。

但是你露了餡：右手支頤，擺出風流浪子的姿勢；

我也作了這樣一個小動作，相視一笑——

那個世界裡只有我倆是同黨⋯⋯

她的夢，應該由她來說，

關於你一再沐浴的身體、一起埋在泥裡的玻璃珠⋯⋯

昨天我正好讀古代夢書，和泥土有關的夢

盡是不祥。但是管什麼祥不祥！

能見一面就是一面，你知道我們是多麼想你！

冰裡看見的世界是什麼樣？

我在寒夜入水，想我們仍應是同黨，

飲好酒、打壞人、大聲讀彼此的詩——

更多是舊世界的詩，只有我們還記得的舊世界。

水深波浪闊，你在冰中折斷了鋼鐵，

扯出傷痕累累的我，沿著二○○一年無盡的四環路

把我送了回來。二○○一年的北京，大雪封死了、壓滅了萬物。

2006.1.10

凌晨四點
—— 給疏影

凌晨四點很快來臨，
每一天。而今天的缺失
是未來多少年後漫長的缺失的預演
（那時，我不在了，你在。
或者，你不在了，我在。）
一如這羅伯特·弗蘭克的黑白寶麗來照片。
但是，也許我們只是老了，變得更神祕
像這張照片裡的June，在凌晨四點
陌生旅館，五十歲，赤裸，揚手，叉腰，
彷彿是跳起了佛朗明哥，在光芒中表情嚴肅。
「和我做愛吧，」和我做愛，羅伯特說。
凌晨四點帶來更大片的光芒，一九七九年
天一早就亮了。那是你出生的一年。
讓我們倒鏡頭：羅伯特的兒子長大、成為嬉皮、死亡，
羅伯特結婚、離婚、再結婚，
他鎖起徠卡相機、拿起電影攝影機、最後只用寶麗來，
「寶麗來 —— 倏忽即逝去的，
影像的逐漸褪去 —— 它們同生命本身一樣反抗保存」
你在筆記裡這樣寫道，你寫羅伯特·弗蘭克

因為他晚年的照片無一不使你落淚，
你也已經體驗戀愛、分手、再戀愛、再分手，
最後和我結婚，你繼續寫詩、寫童話、
拍針孔照片、許下十個新諾言，
你離家出走過、翻宿舍牆夜奔過、在北京和廣州迷過路，
你的身體接納過愛你的人也接納過陌生人，
鏡頭去到今夜，你又乘坐夜機北上，在星海中浮沉。
「凌晨四點，和我做愛」，這時候我翻過羅伯特
《我的掌紋》攝影集，便不可抑制地想你。
想抱緊你在萬里高空中一具有血有肉的身體，
一起走進過去的、未來的、迎面而來的萬頃空虛，
走進我們毫不懼怕的死。說：
「凌晨4點，和我做愛」。

2006.1.23

春天的現實主義勞動者

想起來好像是多麼遙遠的事，
整個春天我們都在黑暗的田野上揮動
捕蝶網，在黑暗的風中。黑暗一縷縷
流過網眼，雖然濃稠但還是落空。
夜深時我們遇見那個人稱「蜻蜓老」的老人，
他給我們講了許多故事：關於
製造月亮的工廠的故事，關於遠古
小兄妹亂倫的故事，還有少年變成怪魚的故事。
我們打了一個又一個呵欠，在寒意中一躍而起，
一下子飢餓如同夜鷹，巨網在空中攪動出星星。
嗨喲，汗水刺骨意味著快樂，而風愈暖。
嗨喲，公路被掀起了，祖國有了花邊，
在我們所不知道的世界，朝野起了譁變，
新聞受到控制，炮彈在炮腔中卡住爆炸了。
我們做著夢然後被夢絆倒：夢裡有墳。
我們索性坐下來向墳中垂釣，
鬼於是出來，「沽酒來乎？少年！」
是亦非哉天老矣！躑髏為杯非今世也！

2006. 3. 21

巴黎暴動歌謠

現在數一、二、三，
讓我們把巴黎掀翻重來，
為地下鐵、地下人和地下鬼排演喜劇。
就從索邦開始，掀去牆上的選舉招貼
找出彈痕和血跡；掀翻萬聖殿
從門票裡解放狄德羅；拆下蓬比杜的彩色管子
分發到每雙憤怒的手上，讓暴力更美，
讓我們敲打彼此的腦袋激發月光曲。
歌唱塞納河上空的鴿子飛來飛去無法著地，
它們的沉默也足以致死。

讓我們把巴黎打到一九六八年之前去，
此後的巴黎不是巴黎；
讓我們把巴黎公社的斷牆
從拉雪茲公墓拉回巴士底，拆成磚石
重砌街壘。你的弟弟妹妹們
已經在遊行的佇列裡

他們將把奧塞美術館的偽中國畫撕成粉碎。
釋放郊區的阿拉伯人、阿拉伯數字；
考核遊客和移民們的想像力，
讓他們的美元、歐元和人民幣見鬼去。
歌唱塞納河上空的鴿子飛來飛去無法著地，
它們的沉默也足以致死。

我們撕碎巴黎的雨，代之以雪塊，
讓巴黎的雲穿上流浪漢的褲子；
奧蒂昂廣場上的大學生也應該有蘭波的蝨子，
把蒙馬特還給辛勤的妓女，
讓她們衝國際藝術家婊子們吐口水，
把街頭還給戈達爾，把詩歌還給政治。
星月在轉，這裡也不過是小小寰宇，
歡迎搶掠，我兜裡有的是鮑狄埃的詩句。
歌唱塞納河上空的鴿子飛來飛去無法著地，
它們的沉默也足以致死。

2006.3.30

讀三〇年代《良友》畫報

鳥來鳥去山色裡
人歌人哭水聲中
——杜牧

狐步舞連連掩飾不了爆炸案，
鉛字日日砸向影印版，
與今不同：那時，如果有百人死於非命，
便有十人死得磊落，有一人死得轟烈。
而讀報者也便成仁，維港上空開天窗。

且看他們叫賣「小兒自己」藥丸，
軍閥專用，附贈柯達小型鏡箱，
外國軟片抹去中國慘像，
射日遊行緊接著大東亞運動會，
我摸不透編者之心。
背後的一個中國卻摸得透：
白布裹著梅蘭芳，霉紙疊成飛機送行。

我摺疊黑白頁，你摺疊明暗月，
我情願這情歌一停再停，鄭蘋如
是女死士變成封面女郎？還是相反？
終於上海灘管弦遽斷，香茶拌了血腥。

直至蔣、馮、朱、李諸公均變時尚，
名媛疾呼救國，「幽默」仍然不忘：
四萬萬人仍然在魯迅面前懷念林語堂，
即使一萬一萬地減少，「捷報」後面
我看見有人托盤端著自己的血頭──
有人如舉炸藥，有人卻像遊花燈。

唉，千種喜悅總結一處：都是恨。
人歌人哭，誰比誰更斷腸？
自縊的女明星，扯爛了我的黃埔舊軍裝。

2006.4.8

寫完一首反戰詩走出家門

寫完一首反戰詩走出家門，
正午，陽光彷彿巨輪停泊，然而乘客全無。
雲團彷彿兵團——停泊鳳凰山、陰雨山上。

這是七月的怨靈，本應在地中海邊上
咀嚼微甜草根的；現在和陽光糾纏著
來到我被炸開的天空。

寂靜密集爆破，耳膜和蟋蟀同時感到
它們輕輕一跳便是天國。
死者何在？我剛寫完一首輓歌。

我出門迎接的既是我的新娘也是彈雨；
我們中午喝的既是喜酒也是苦艾；
我們穿過的既是東涌也是逃往塞浦路斯的路，

我們和異族的鬼做愛，彷彿伊凡在照明彈下渡河，
在冰冷的水氣中摸著了亡友的骨骼，
這是他的手指他的手肘他星光四散的頭顱。

2006.7.23－8.1

風中作

清晨我離開溫暖被窩，出門去看風中世界，
風中刀劍亂閃，拆散了金銀的戲台。
頭上一尺的神明支離破碎，
下界的諸神卻修車、洗地、帶小孩上學去……

我不知該跟從哪一位？我點著蠟燭
走進風的鬍鬚林，姿勢像技藝高超的泳客
一口口吃進焦灼的海水。風在悲鳴，
無法清掃這懷抱著黑暗垃圾大笑的世界。

古代也有風，劍俠在馬背上斬風：
史前也有風，渴酒者在龜殼下活過了千年。
他們的骸骨現在都堆積如一個精緻的小亭
臨風空暢，低頭看影時落入海中。

我知道風是在什麼時候開始猛烈的，
在人們歸家的時候，風把電視上的美景
捲作一堆雪花，把新聞報導員的話：
「昨天，以色列……」捲成了四散的人頭珠串。

我知道這世界如今也玲瓏如珍珠項鍊，
我是末端一個兀自轉動的象牙球，分了十八層。
在黎巴嫩的死者之屋，廢墟也因風而晶瑩，
我轉動著滾過，如一噸閃電，釋放出怪煙。

世界也因風的書寫重新回到五十年前戰場，
世界修改、修改自身，顏色比照出光
——這是我不能理喻的光，如大笑熄滅
熄滅我在轟鳴中摸索寂靜的嘴唇。

當我試圖說出冰、封存冰，爲了
下一輪的太平盛世。我看見狂風中顛簸著
雅利安的神、閃米特的神、阿拉伯的神，
他們大醉一團；我卻封存了蜂擁的細菌作紀念。

我回到我黎巴嫩的死者之屋、愛斯基摩的雪屋、
挪威峽谷中紅色木屋、山水中青綠亭台。
世界長嘯一聲騎著龍飛走，
我種下一枚細菌，爲了下一輪的莽蒼時代。

2006.8.3

病中觀時局圖

天邊滿是烏鴉的消息，日子長了，
我躺在樹冠上咀嚼濕菸葉，治自己的病。

地球上只剩下我一人，但四處
都響起了敲門聲。黃昏低燒一如二十年前。

時局也如二十年前：浦東的高樓上
齊刷刷都是等待收割的人頭；
一如彼岸高雄廢田上的水稻。

我是巫師，我來一一為他們的臉塗上白堊，
我遊走如蛇，喉鳴如雷。

我躺在樹冠上咀嚼濕菸葉，

呵出二十年前的一朵雲彩，猴子在雲上跳舞，

我看著它歡樂如變戲法，然後天驟然黑下來。

不要怕，蚯蚓們仍然會把世界翻耕一遍。

不要怕，半夜推門回來的是你說美語的爸爸。

孩子，你的槍上膛了嗎？

趁著新泥反射微光，立刻瞄準、開火。

2006.9.30

論眞相

我會猛地掃視某一相反的方向，
希望出其不意地捕捉那沒有我在其中的虛空。
　　──列夫·托爾斯泰

前天晚上你好像瞥見了眞相，失聲痛哭
於夜氣氤氳中的無常。夜氣吹送來
山的輪廓、海灣的輪廓，甚至夜本身的輪廓。
這些也是眞相。

今天早上我在塵世之樓群鑽空子，
尋到蒙塔萊的懸崖、托爾斯泰的空地，
他們爲你的眞相提供證據，而我彷彿浪上的水手
眺望你們哼唱賽壬之曲。

我升起帆纜，就順手抹去了包括我自己的幻象。
我可以細數身上海魂衫明明白白的白和藍，
床的平坦微顫，海上蹓躂著和風。

此刻你無何有的痛哭

將由無何有撫平；即使你背過身，我陷入虛空，

但我將更美、更純淨和溫柔有力，

猶如夜慢慢降臨。交出我的邏輯：

真相也更美、更純淨和溫柔有力，

它在人生之中途，拯救過但丁、全世界的地獄，

「那是一群零亂但快樂的鳥兒」，

向著漸漸猛烈起來的海風，漂亮地轉過身去。

2006.10.9

夢中讀瞿秋白，忽憶馬驊

我又一次在夢中痛哭失聲，這已是今年的第四次。
一部瞿秋白的小說在夢中被我一氣讀完，
然後想到無法與你分享，我竟嚎啕大哭，
在夢中向妻傾訴，再次大哭。

二〇〇一年，我也曾書寫《餓鄉記程》和《赤都心史》
兩部和瞿秋白幾無關係的組詩，
你在其中以葉賽寧的形象出現，沒想到
你是更爲暴烈的勃洛克、更爲啞默的帕斯捷爾納克。

而我痛哭我在夢中是一個無處人Nowhere Man，
而我痛哭我在二〇〇一年已經是一個無處人Nowhere Man，
而我痛哭我在今天仍然是一個無處人Nowhere Man，
——— 曼德斯塔姆 ——— 風中的蠟燭。

瞿秋白的小說人物紛紜，而對白全無，
你的夢中我們哭笑喧嚷，而夢也全無，
革命突然來臨我們難釋其苦，
冬天早晨大開窗戶任海風打掃我們空蕩蕩的房屋。

2006.12.2夢，12.6補記

另一半
── 題戴尚誠同名雕塑

此後你是另一半，在黃楊中生長：
一手是信賴，一手是拒絕，
彷彿種子在手中，又彷彿初生鳥雛
為一座殘缺的身體啼鳴。

是的，你要生。力量只不過是虛掩，
大口呼吸著阿爾刻提斯的命運，
這又豈不是俄爾甫斯的命運，又何不是
刑天的命運！

越過土壤、地下水流，在風中飄揚
另一半：男子的在和女子的不在
同樣是缺席。

你們結合，肩負了忘川，
向彼此微微俯身，旋即撿起了對方，
彷彿行走於收割後荒涼的麥田。

2006.12.27

三峽好人

我也有一個十六年沒見的妻子
在三峽，不是船老大的妹妹
也不是高唐的神女。
水位年年漲，浸不過她的雙腳，
儘管冰水似刀，早已傷了她的腳踝。

前晚我也夢見，她找到我
卻怯怯不敢近前，她仍是羞澀如鹿的姑娘，
而她身後是坍塌的國度，敗瓦間
鋼筋亂支是我的肋骨，我也亂施魔法
在西南的天上燒鑿出更熾烈的星斗。

我任夢中洪水滔滔（彷彿那大閘為我所造），
世上也洪水滔滔，高樓盡變水草。
我也有一個淹沒在水深百仞處的家園，
水中雷聲隆隆，紫雲層層淹染，
我也有一朵蓮花，黑暗如夜。

我也有一個離家的丈夫，現在是別人的新郎。
我們摘花，就盡變好人，

在各自的世界裡生火做飯，成就好姻緣，
我也在山邊覓居，折柳一枝，交送給海洋，
鐵船犁過，世界便地老天荒。

那天邊的雲，仍是母親懷抱白虎走過海洋；
我們是好人，笑看世界地老天荒。

2007.1.8

聽戴女士歌唱
—— 獻給Billie Holiday

歲月曾攫奪去的，
（梔子花沉重的鬢上）
歲月又慷慨地賜還。
（勞光彩，洗出了照片潛影）
貧民窟，酒吧間，拐角處是星星的灰塵。

多少傷害，旋轉門唱歌、迴旋，
（劇院殘海報，高個子黑人清掃）
多少美，在懸崖邊上束裝。
（他的手指在簧管上敲出步輿、行宮）
點數沙、點數海浪，晶螺喑啞在我唇。

我們閒來咀嚼這一把星星的灰塵，
（世界烏有，耳環叮噹、叮噹）
沾墨繪於你臀上、乳上。
（歌聲擴成一個湖、一片海）
歌聲擴成一個湖、一片海。

讓我睡，我是你的島嶼，
（天空上，是梔子花沉重的天使）
淚水粼粼擴成一個湖、一片海。
（噓……你年輕時，我愛你紅潮激盪）
……你老時，我愛你峽灣蒼茫。

2007.2.21

左派夜爭
── 給吳季

京城春夜顛倒了你我，
一身無論，家國還是精神
都是累贅的刺棱。巨掌拍打
你脹紅的臉竟不像紅旗，
而像花蕊激盪。

滿地高架仍是舊宮牆，
王五把身一緊，從頭越，
我要是擎刀便斷毛削鐵──
這個好頭顱究竟爲啥！
碾蟻屍，渾吹雪。

滿天擊掌像柳絮辯經，
我以爲。我還以爲會少點康梁，
多點譚嗣同。他們都短暫進步，
頃刻就反動；我們也已經反動──
請你取我頭顱。

2007.4.17

於北京觀林懷民《水月》

月亮是我們隨身攜帶的，
水從何來？
虛空了一場，
虛空了一國，
無計量者，
投足、伸臂、拳手、
挪拿大塊。

鏡子是我們隨身攜帶的，
花朝哪開？
連夜有人修起了登天梯，
把星星焊死，
悲風一縷，
吞吐海之外。

鏡中設鏡，
送百影到雲間──
水下飲水，
冷暖不知絕對。

有人，向春花叢中
托舉一隻木頭鴨。
辨言語。

突然一個島嶼在她緊勾的腳尖升起，
如白燭忽忽，旋即浪散。
那足再舉時，
肉身已經是花瓣。
乳頭結兩處花蕾。

現在請人民分一輪清月
如切橙，
請一點血四處流淌。
請你、
你低頭，聽此水聲音，
隨她回家，
手語終夜。

想千里外一老婦，歌也終夜。

2007.7.16晨

於北京觀林懷民《輓歌》

此刻不是你在旋轉，
是戴怨靈面具禦彼烏雲的雲中君在旋轉。
此刻不是你在旋轉，
是李斯特肩上的嬰兒聖方濟和大海在旋轉。
此刻不是你在旋轉，
是台下如土行孫被土地的咒符所縛的我在旋轉。
此刻不是你在旋轉，
是保利劇場在遺忘與記憶的暴風眼中的觀眾在旋轉。
在旋轉、在旋轉，漩渦中伸出一隻手，旋即化為閃電。
此刻不是你在旋轉，
是北京城在旋轉，地下的沉骨綱舉目張，頂塌了仇敵千座
用黃金樓建的鎮魂塔，在旋轉、在旋轉，骨灰盤結
空中一朵巨大的曼陀羅，在旋轉。

此刻是你在旋轉，
裙裾濤濤，海浪遠自喜馬拉雅峰頂捲來。
此刻是你在旋轉，
火中鬼魂滔滔，急欲掙脫這具被鑄為神的肉身。
此刻是你在旋轉，
萬架青銅的車馬蜂擁踐踏，而中心早已是鑽石，是無。
此刻是你在旋轉，
出不入兮往不返，平原忽兮路超遠，旱雷聲中
哭墳的人，竟是我們的老母親，借雷為盟，歃血春耕。
此刻是你在旋轉，
十八年前的孤魂揮劍斬斷了我們攀登的光線，
出不入兮往不返，我切齒如山欲崩，心焚如百合田。
敢有歌聲。敢有歌聲。敢有歌聲，噬此夜長。

2007.7.12晨

寫給切的飲歌
—— 為切·格瓦拉四十年祭

酒碗在我們之間傳遞著，香港無河上
孤筏跳探戈；苦麻籽咀嚼著 —— 擊鼓人

哭著。空船行駛在白熾的空海，
纜紋在我們臂上勒著怨咒 —— 快樂。

是啊我們將大笑，如天之將裂，
因為我們是伊基多斯的麻風漢 —— 吹塤

用身上每一處殘缺。電霓樓襜下
這是崩磕著資本壞牙的一群 —— 砂礫。

神有病，著黑裙 —— 天上落下酒一壇，
酒碗撞向彼此頭顱粉碎了 ——

這是「孤燈一盞不歸路」，墓誌不載 ——
何謂「濺血五步我是誰」？酒鬼不問 ——

2007.11.9觀韓國木雞劇團《切·格瓦拉》後

擬鮑照登大雷岸與妹書
　　—— 給疏影

我走走停停來到這個晚上，
夜極深，秋雨如黑布四披
幽冷淹沒我的骨頭。

今夜的骨頭就是野渡，
我一個人登陸、冒險，
我違逆我的骨頭，吞吃我的晨星。

今夜的星光如芒在背，
礫裂肌肉。我難道不是為了記錄此星，
才陷入這離析的山川？

這泥塗恍惚又清，淚水傾注 ——
烈日消磨了俠遊於此的壯志 ——
像暮天喝去一朵雲。

心藏在齒縫間、背包裡、墨水瓶底
它是那麼羞澀！彷彿蕩散的鬼。
但既然上岸，我邀請它出來四顧八方。

這東西南北無異阮籍的東西南北，
無異鮑照的心在微暗中描繪：
地圖剖開了珠蚌、珠又連珠。

也是一顆曲折的心，深處有鳥
在波浪上結巢，它還不時鳴叫
聲音注滿了煙樹和孤舟之外的谷壑。

心便繼續描繪，借到了星光爲筆
雕琢那不能雕琢的氤氳之氣，
揮灑而下，再斧砍那不能斧砍的時代。

它冷冷地懸在虛構的天涯，
它的山水和電火、運動和辯駁，
都是舟中獨睡人的夢話。

這東南西北也無異魯迅的東南西北，
在好的故事中痛哭而返。
好的故事，是一本《山海經》——

在那些錯落的金碧之間，可愛的怪獸
各擅所怪，端著各自的愁容、
各自的微笑、各自的星。

這就是我從一個漂流瓶中窺到的世界，
十八年前扔出，今夜撿回；
這未嘗不是你留在江河另一邊的世界。

不可說也！冬天到了，草木凋零，
林中便多歧路，你也不必繫馬停駐，
兩個世界總是盤旋相遇。

我寫信給你，教你不必擔憂，
夏天轉眼又到，馬也繼續信步，
雨也繼續下，星也繼續眨眼，心繼續跳。

2007.12.16凌晨

夜霧馬車曲

風兒使勁地吹，馬兒歡快地搖鈴。
馬車滿載，乘客們都已經隱沒了姓名。
風兒使勁地吹，馬兒歡快地搖鈴。
大霧已經彌蓋夜晚的叢林。

馬車夫：晚餐我吃飽了，十二把刀子
每把都那麼美味，爲我壯行色。
爛泥拉著我的腳，禿鷹彷彿要啄我的眼，
旌旗隨風揚，血紅的花，落在我襟前。

馬兒：霧在吃我，左邊臉頰一口，
右邊臉頰一口。我在心臟深處聽見
甘泉叮咚，那是我遠離的春山空空，
我眼前變著魔術，鈸兒嚓嚓、鈴兒叮咚。

乘客們：我們也在黑暗中開餐，
饕餮油脂有無？烈士有無？分配一家
五香豆腐乾——東方的佳品。
小孩子不吃，升仙，車頂上雜技表演。

小孩子：嗚嗚，嗚嗚，我聽見馬在哭，
珍珠大的眼淚滾下來變成珍珠。
我等來吹黑管，我等組一個四重奏，
車輪蓬蓬、車輪蓬蓬，我聽見窗外鬼在哭。

霧：我突然覺得冷，風正颳得緊，
我一人演繹時代的錯誤、錯誤連連。
剎那一陣雨，剎那我痛，痛出一團光明。
秋江更澄碧，但是已經比遠方更遠……

風兒使勁地吹，馬兒歡快地搖鈴。
馬車滿載，乘客們都已經隱沒了姓名。
風兒使勁地吹，馬兒歡快地搖鈴。
大霧已經彌蓋夜晚的叢林。

2008.1.10

寄夢中的阿蘭・羅伯─格里耶

我喜歡中國南方。我願意在夢中去那裡漫遊，坐在一頭懶洋洋的黑色水牛上，牠最後完全睡著了，而牠那夢遊者般的沉重、緩慢、顛簸著的移動卻沒有中斷。不久，牠也進入了夢中……

……我設想，在市中心一條擁擠的街巷裡，廣州的女大學生在一家小餐館的桌旁讀《幽會的房子》，甚至，為什麼不，少年騎在水田中央的黑色水牛上，辨認亨利・德・科蘭特伯爵在布羅塞里安德森林，在布列塔尼，在世界另一頭的騎士式的冒險……

　　　　　　　　──阿蘭・羅伯─格里耶《致讀者》1998年4月23日

我騎在水田中央的黑色水牛上，那是一九八三年或者一九八五年的某個夏天，我的小腿感覺到牛腹的溫熱，被陽光曬得乾硬的黑毛刺著我的腳踝，而我的腳板底，隱約能享受到牛蹄翻犁的泥巴中冉冉升起的涼氣。我在做夢，夢見巨大的玫瑰在天空中像萬花筒一樣一朵接一朵無窮盡地開放。那一年我在一本殘破的《世界電影》中讀到了《玫瑰的名字》，或者《去年在馬里昂巴德》……我八歲或者十歲，心願做一個細密畫畫家。

水牛在荔枝樹下棲息，我跳進水田邊的池塘，撞到許多赤裸的身軀，男孩們毫不遮掩自己尚未發育的陰莖，教它們唱歌。我閉著眼睛在水中亂蹬，銀色的光、氣泡在深水中蜂擁著，捉住我的手腳，旋即放開……

你是一隻水牛，夢遊在中國南方，二十多年後。長睫毛，半瞇著眼睛，半仰著頭微笑，忘記了馬里昂巴德的狡黠、整齊地斬去了陰影的法國式庭院。這是你的天堂，沒有愛恨、施虐和受虐，沒有陷入冷灰中的戰爭或者和平，沒有公爵、間諜或者君王，你終於成為君王，無拘無束，沒有一個士兵跟隨，你咀嚼著荔枝樹葉瓣之間滴漏下來的光斑。

也沒有天國或者地獄的榮光。老爺子，你現在終於赤條條了，濃密的鬍鬚如願爬滿你的臉，你用一個假的護照、假的名字、假的小說在世上混了多少年？油漆彷彿血的斑點，終又變成雨水打落乾燥的田壟，迅速蒸發掉。

此刻我夢遊於二戰中的蘇聯前線，少年伊萬曾經潛渡的黑暗水域，曳光彈一顆接一顆無窮盡地在天空像萬花筒一樣開放，可是完全照不亮我冰冷划水的雙臂。我的心願美麗如水中魚，銜著一把白銀做的刀子。

老爺子，讓我們沉落到陽光的最深處吧。北非的植物園裡，那白衣的黑少女走過午後平靜的小徑，像走過靈薄獄幽谷之上的懸崖，她宛然自若，無知於我們在谷中睡熟。

2008.2.21紀念阿蘭‧羅伯—格里耶

讀新興縣誌

癘瘴地變魍魎者千萬，我是其外萬一
荔枝花沖天香陣，我是其外萬一

年復年大旱、大潦，甚至雹大如拳
風雪、怪獸和逐臣也輪番光顧這一小縣

我是其外萬一，出生入死，有口難言
的一個獦獠，猶負水、伐竹、射鹿、深耕

最後全化為烏有，如民初時一場場大火
我傾盡護城池水也不能救

何況我滴水未傾。我只是挾鳥槍上山
化身猛虎吹笛，吹滿天彩雲

我就在這天地遺忘了的一隅食粽
粽子裡包裹一把最綠的綠豆

荔枝是年又大豐收，林蔭漫到了鄰村
寂靜是天堂給我的一紙赦令

2008.4.8在故鄉新興縣夜讀縣誌

旋風

生命的旋風吹得我們團團轉
——Le Tourbillon De La Vie，*Jules et Jim*

旋風把我留在懸崖的一角
當我在孤單的床上醒來。
日子像小鳥，沐著晨光，啾啾聲不絕
不事停留地洗掠我的島嶼。
我大聲叫喊，倒下的蠟燭燒著了窗上紗羅，
這是夢中夢——沒有人聽我解釋。

兩匹黑馬在黎明的門口備鞍，輕搖尾，
這是我從小餵養的愛駒，
露水閃爍在牠們微溫的絨毛上。
而大軍列隊，剛剛經過
他們沒有發現蘆葦叢中你我。
這是夢中夢，山上有人唱起了驪歌。

生命的旋風，月桂般的美姿容，
年輕的我曾經歌頌，驕傲一如
Jeanne Moreau。今天我又反覆彈奏
那幾句殘酷的和弦，甜蜜仍如
Jeanne Moreau。這是夢中夢──
時光允許我們醉於它的激流。

2008.10.10

小禱文

哦如果寒冬來臨請垂憫
路邊這兩個寬頻推銷員的愛情
請垂憫路燈熄滅後的三個小時暗夜。

很奇怪，世界還沒變成殘卷
人們還切著風來食，空中蘸著火沫
零碎者落為雪屑。

人們目光炯炯，荒草間撿拾未溶的
世界，世界的筆墨分娩開裂
我奉獻一把金剪。

電光在努力擴大它能照亮的郊野
雨將時刻狙殺，人們傳習著
蚯蚓的生活。

我是泥土每天我心中路紛紜又癒合
不理人世間犬豚奔突
風暴的彈簧突然被拉到最直。

只是如果寒冬來臨請垂憫
路邊這兩個喋喋的主婦的愛情
請垂憫路燈熄滅後的三個世紀暗夜。

2008.10.20

給疏影的生日詩

我們驅車一路向東，陰霾下
過橋、拐彎，美麗的塔
子立自六朝。

霧也逶迤自六朝。
使燕地的天際線曖昧，甚至
有了銅青色。

我們反覆，依然向東，黑夜
從四周圍攏，恍惚中回到十年前京郊，
我說六郎莊。你聽不到。

青春透亮，然而不能歌唱，
不能為了瘋狂的陽光歌唱，
四散的磚石勸你飲這一杯酒。

我替你一飲而盡，
因為我是黑夜的黑手，胃裡有一切
地名：昌平、海淀、五道口、十里堡。

美麗的塔子立自六朝。
暮色中勾勒的曲折彷彿無有。
我替你上緊了琴弦，我代你變老。

2008.11.24京港線上

灰心謠

他一寸寸埋葬自己，
至今已三十三年；
但是海風仍然快樂地繞著他打轉。

認識三年的樓下保安員，
今夜相當詫異：
他又變回一個長著鯰魚頭的單身漢。

他耳機裡痙攣的「電台司令」
十年沒聽，今夜又痛擊他
像一粒酒精。

久未謀面的老友，昨晚大笑
因為他還為了格瓦拉之死未獲道歉
而拒絕美國簽證。

「一切就像十年前，但你更左了！」
不，他的右在吃著他的左，
他的左又吃著他的右。

還有那些曾一起在雪地裡走失的人，
被紛飛雪球打得暈頭轉向，
以後再也見不到的人。

他們在蒙昧中虛構著這一個他，
他們用大麻葉蘸著虛空，
草草的回憶起他。

在海風中撿回他的鼻子，
在電波中撈出他的耳朵，
在月光中描繪出他的眼睛⋯⋯

然而他曾經用這些東西一起說：
我愛。他曾經把地球點燃，
看它燒成一個薔薇花蕾。

就讓打鐘的打鐘，看雲的看雲，
他一寸寸埋葬自己，
至今已三十三年。

2008.12.6

聽得吳詠梅《歎五更》

她微笑著碎步走過暗夜
她不笑，便滿堂驚起了
白髮。倚欄倚盡了空明
的岸際，搖櫓也搖盡了
小星閃爍的長風，她那
一臉的淡江不是你的海。
有人偏偏要在微浪上點
起夜火來。我錢夾裡藏
幾張零鈔買我的冷蕪葭，
不是一身殘雪來望枯山，
八十三年心猿閑放濁世，
未得二十三載未度之僧
掃那血榴花。夜啓輪渡
螺旋後顛覆了世界──
她枕邊籃有一枚荔枝果
安慰熄燈後黎明的殘破，
她入睡後，便是我千山
萬水的夢境，未解坎坷。

2008.12.31兼懷祖母陳愛弟

注：吳詠梅，生於澳門，早年與南音瞽師劉就等相熟，精於揚琴、秦琴，尤擅南音師娘腔，現
　　年已過八十。

自題冬日澗邊小照

我願意溶入渺茫山光去，
不化作殘澗，不化作裂石，
在一片唏噓中，變化窮盡了
鐵鉤銀劃的枯樹。

這是我嗎？是三十三年
混沌中返身如野犬凝望荒山
的我？還是山氣偶爾流聚
魍出沒耳？

它穿著我十年前紈綺、又罩我
五年前黑衣，斜背的卻是
二十年前血汗挎包
內藏鯢魚嗁。

它時而大笑，笑得不可抑止。
一刹那變得透明
如四歲小兒，
在石底蛇之夢中入睡。

它時而大哭，在亂風中背過臉去。
模仿嘖芒小星散步
哼著游擊隊員的小調
穿過利葉、穿過餓山、穿過渴水。

2009.1.19

我們全職去死亡
—— 贈鐵志和曉舟

我們全職去死亡，
途中趕赴安全部門的聽證，
途中出席前安那其們的晚餐。
當台北的雨花疊著雨花
夜路滲著碧血，
當廣州提前進入寒武紀
交出了第一場雪，
模仿北京煙火的猙獰。

我們全職去死亡，
和任何戴黑領帶的人們一樣，
妄想著比他們死得更多
或者更少一點。
然後穿上了死亡的舊衣，
揮霍著死亡支付的薪金。
生活，卻不多不少
恰好填滿了水蛭先生的房間。

我們全職去死亡，
在晨光再次磅礡之前開窗，
向委婉的鳥學習生者的委婉。
我拿著死亡會議報銷的機票
飛越彌勒太平洋，
白雲們照著平靜的鏡子，而鏡子
由一萬朵互相砍殺的浪花組成。

2009.2.9台北—11香港

獻詩

不要愛我了，
去愛那些平靜得發瘋的樹木，
去愛那些閃閃發光的刀具，
除了它們沒有什麼更適合
在這美麗的宇宙生存。
不要愛我了，去愛
那些哲學家一般的青蛙。

也不要恨我，
去恨那些時速二千公里的政客。
不要牽掛我，去牽掛
那些還沒有名字的星辰。
不要為我哭，去哭你自己的偉大，
去笑，笑你自己的偉大吧。

我就在這些雕像的陰影下，一顆顆
數我懷中的鑽石，一顆顆
咯得我鮮血淋漓的鑽石。
深歌悠長，在比歌更深的夜裡唱著。
不要愛我了，去愛那匹冰凍
如女王的馬。

2009.2.21－23

清明夢
——致切‧格瓦拉

昨夜我代替你夢見，你曾懷抱
那印第安小女孩，
她早已長大、婚嫁，帶著女兒，
仍然祈禱、唱歌和哭泣，
拿著你的紅水壺接雨，在尤羅谷地。

昨夜我代替你夢見，你曾戰鬥
那印第安施咒的下午，
看不見的餓鳥和眾天使撲翼，
幽靈們不肯轉世，仍點數
自己骨殖。在雨水中，在尤羅谷地。

昨夜我代替你夢見，鼓聲
仍然陣陣。我願小聲擊鼓
至力竭而死。我願是你身邊的
「中國人」胡安‧巴勃羅‧張，
在炮轟中碎裂了眼睛，再不落淚。

是的昨夜是中國的清明，
我夢見這出賣你的美好世界，
炊煙漸升，人們播種、編織、搓下玉米，
在節日用彩帶裝飾曳地的裙裾，
飛行在凜冽長風裡。

2009.4.6

荒腔
—— 寄馬驊

想起你時一個女孩擦身而過，
若是十年前你我會倒退著吹口哨，
如今我們再倒退著吹口哨
就會被遍地蟒屍絆倒、
被風中蜂擁的少年笑嘻著。

草草當年，鯨吞了時代，
我們爭當盜跖。
實際上百寶箱空空如也，只有
—— 雪山堵塞了門前道，你說稍等
等你學會了大能，睡著就替我移走。

但夜悄悄森然，悄悄變容 ——
自你去後，我們都不敢再學夜梟。
亂竹似箭，載鬼一車，
都是你的手足
耳目。咄咄的電郵，你的新聞如舊。

而我仍倒退著吹口哨，匪盜婚媾，
你要的新書出了舊版，
老人不老，世界仍歸其所有！
你在水中砸石、燒詩、點菸，我都聽到。
一個村莊向另一個村莊勒索著河流，我都聽到。

哦或者是一條河流向另一條河流勒索著村莊！
你是帕索里尼，我不是法斯賓德，
我們遊戲的大地是血汗的床鋪，
我們是狐及其友——曳其輪，濡其尾，
未濟，濡其首。

2009.6.18

致夜樹

永遠感謝，夜裡的樹
你們黑暗中手挽著手，那麼安詳。
你們要去哪裡呢，能否把我也帶上？

永遠慰籍，黑中之黑
你用藍黑墨水在我身體繪畫一切
花綻、蟲飛，但我不在此身上。

永遠美麗，撫捫著新月
你們相愛而不相防，婆娑著相忘，
人世間何事，第一萬個夏天臨漾。

2009.7.2—4

一個疲憊者的四首頌歌

地鐵頌

我願意被吃掉然後安靜
這小獸邁起小腳們小跑
我仍能在黑腹中閱讀你
忽睡忽醒間，雪下一天
喬納和皮諾曹沉默論辯
我被你暴力讀掉的筆劃
埋藏得夠深了。我是。
一個句號。未被消化掉

網路頌

占卜師隔空拿捏
我的笛子骨，風
剛剛吹亮，我鎖起我，
解放全人類。

然後是他們為了我的自由
奔走呼號，在Facebook上
標出我的價錢：
按照夜色在我瞳中深淺。

手機頌

她日夜呻吟著革命
不知道我喜歡革命
她日夜呻吟著革命
不知道我喜歡革命
她日夜呻吟著革命
不知道我喜歡革命
偶爾快樂震慄不止
彷彿夜鳥金海逃情

行事曆頌

我遺憾我不懂吐火羅文
否則就不會把戒律看成花紋
我遺憾我沉溺於漢字
時光夭於琉璃。

世上的一億種哀婉
此地還沒有寫下一千
我嗒嗒地驅馬行田
冷心窩裡藏有一枚冷箭。

2009.7.20

一九六七，五四遺事

如果猛火還有餘燼
餘燼將散聚一幅枯山水
許是雪景，那人落落穿行去
不辨清白，不辨川壑

窄長中國，無橋無塔
也無旗幟垂落
包裹被熱風破開的振臂
飛廉戰鬥著窮奇

有人吃德賽，有人吃主義
你吃臭豆腐玉米麵糊糊
紅樓虛構了赤都
你不虛構廢姓外骨

仍有遊行佇列，你仍第一次
碰觸那溫濕的戰馬的臉
那分明是尼采的血
你們認作飼馬草上的露

如果死者還在
你們將用隱語交易一回：
這妙皺的奇嶺你袖去
這凍凝的小河我帶走。

2009.8.6夜
讀罷止庵《周作人傳》後作

寫給砂井田的絕句

1

一千年太久！
螆蚧石才剛剛從香港的山頂
爬行到維多利亞海邊
勞動者的手長出了蓮花

注：螆蚧石，香港太平山頂的一塊石頭，據說它一年向山下走一步，走到大海時就是香港滅亡
　　之日。

2

斧柄磨就掌中痲
痲中川壑彙作月球
群山行路，七海奔赴
田邊沙彌佛的石頭身端正

3

砂井田涵水種一畝稻
空崖振衣，是誰歙懷相迎？
穀殼上開門，現無量菩薩
晚風念念，牛羊來下

注：砂井田是Gary Snyder的日本名字。

4

晚風念念，牛羊來下
這一夜墨黑沉沉，漁樵閒話
這一夜大寶船跌宕於巨浪之側！
我們是桅上醉鴉，眨眼狡黠

2009.11.30—12.6

憶三十年前山居

衛此飄零魂

———陳三立

「磊磊天外山，窈窈山中屋」
我回頭望去
自行車後，掠過畝畝水田，
然後是水泥橋（剛取代了擺渡）、
西江、竹林，然後又是水田與雜樹，
山勢稍稍顯變，最後的陡坡
外公和我都得下車推著。
「長大了還記得外公嗎？」
車輪哐哐，他聽不到我太小聲的回答。
就到了聯群村小學，那裡有我們的小房間，
有我自己的小黑板，未被擦去的天安門、駁殼槍。
山遙遙隱現，永遠青綠新鮮
流曳到眼前……
大哉此山、此村、此小屋！
縱使流星過此亦安頓，
何不收容一四歲男孩的小足？
日昏兼程，拋離我的何止是光的速度？
我仰面，便是一把雨雹，打散了世界的懷抱。

2010.1.27凌晨讀陳三立詩，忽憶童年與外公居山村小學事

給J.D.的最後一封信

在磨碟沙地鐵站，突然聽到
一隻鷺穿過它自己
穿過一萬立方千米的泥層而去
這是屬於你的古怪地名
三個女童軍，濯足大海洋上

霧魘著琶洲，珠江若隱若現
有時只得羊桃和木瓜樹圍繞身邊
我的禮物尚未送出給你
整個世界已付諸流水
我像一個聖誕老人
彎身從紅袋子掏出我的皺紋

九年前
我們曾在各自的山中給對方寫信
麋鹿戚戚，磨著夕光的郵戳
然後是炊煙淪陷了阜平
驢蹄囉嗦著你不聽的尾韻

生活是一段良緣，對孤獨者更甚
美少年光頭跑過德士古道
夜呼吸著夜，虎虎有聲
一個郵箱兀地燒著

地球漸漸甩光了自己的空氣
甚至天堂和地獄
我們都不是丁令威，低頭理翅
細聲咒念了一個織繡般麗城的毀滅
新罕布夏，考尼什，不愛，是誰的遺言

2010.1.29廣州返港途中作
紀念J.D.塞林格

大焰火戲

維多利亞城大燒衣，煉獄逆行
墜入大海，煮人千萬。
而千萬人中有一人知道
周天焰火是教人回憶初生宇宙。

它的血和金在霹靂中分離
（這是一個霧氣蒸騰的童年
我要從眉頭深鎖中生出自己來），
烏雲銜著魔廈，虹吸這暫借之地。

只有一人知道：暗空倒扣著
奧爾菲斯。運冰者在海底渦住了腳
末日演習——閻羅脾氣，
銀燼倒數著最後三分鐘與雪意。

灰瓷壺冷沏著雲頂的烏龍；
宇宙自性繁殖，當然無視地球的觀眾。
太平山躡足再下行一步，
小島下大蟾蜍輕身又動一動。

2010.2.15夜觀煙花－16晨，夢中得句：
「這是一個霧氣蒸騰的童年／我要從眉頭深鎖中生出自己來。」

晨歌三種

一

清晨撿拾一地契約的碎片，
同時撿起家的重，一本《霍金講演錄》
和一本《神奇的現實》──
現實如此神奇，霍金如何解釋？
我腳下的銀河燙滾、停轉片刻。
作為這一秒鐘失敗的造物主
我原諒我自己的無用。
愛的形式各各不同，
照亮了李煜也照亮維庸。

二

一條流浪犬在桌上嘲笑我，
因為我沒有足夠的黃金蝨子
購回那一刻，即使我捂在右腹上的手
張開便是綻開珍美。陰陽急景
催促著肝膽：一朵屬於你的奇葩
橋上人叫賣著倒影，

橋下船迅速載去雨水一蓬。
愛的形式各各不同，
照亮了李煜也照亮維庸。

三

夢中我與一個不愛的女人遠遊
為她花光了一分一毫，
我愛的人夢於雲上，仍是我愛的雲顏。
嗚呼，我是花之寺僧
每畫一筆，就多一幅酬鬼圖，
揚州深巷，我的妻子足不出戶
和一尾鯉魚斟酌星空。
愛的形式各各不同，
照亮了李煜也照亮維庸。

2010.2.25

一個藏語愛情故事
—— 給疏影

我也想寫一封信給尕藏措
或者蒙面的卓貝，或者你
我們語言不通，天地無用
只有淚眼如冰湖，熠熠茫茫
寂靜從公路上傳來
我是那不懂躲避的羚羊。
我是那被施捨掉的妻子
我是那塗滿陌生人筆跡的照相
如果我們再見，你會告訴我你的名字吧
人們在湖邊編織著夜的毛氈
我們在彼此的手心上畫畫直到天亮。

2010.3.27觀《尋找智美更登》後

一九三五年六月十八日，瞿秋白致魯迅

先生：我來信和你分一個夢，
一條你也行過的山徑，
你也舉手指點過的夕陽，
亂山在夢中，未能捋平。

捋平也是伶俜，數日來我刻骨
然後銘心，骨雕成了塔，
心挖出原本的溝壑
上面漂著一艘載酒的漏船。

這是你也寫過的塔和船，
依稀你也和我分過一個夢，
我彷彿記得曾坐小船經過山陰道，
青天上面，有無數美的人和美的事……

但此時只有明滅與嗚咽
像我常常唱的一首國際歌，
載著冰與火，撕咬著
又幻變出許多靈光的火與冰。

是庾信遠眺的，落星城，
烽火照江明。但先死者不是蕭綱
掀開夜幕，秉燭照見
野路黃塵深。

後死者也不是庾信，我們不必並肩
看一百年後的樹猶如此！
永別了，美麗的世界！
我仍記得一百年前栽過這棵小樹。

這個國家會好嗎？
這柄劍，幾回落葉又抽枝。
先生，謝謝這一個夢
謝謝那麼好的花朵、果子，那麼清秀的山和水。

2010.5.13

一九七四年，霓君致朱湘

一九三三年冬天的夜船上
你寫給我的最後一封信
現在可以回了。
我多活了四十個春秋，
補綴你未能補綴的凋衰。

這雙你未能溫暖的雙手
四十年來冰冷依舊，
用渾濁的江水
清洗渾濁的地球。

四十年來，是有一扇石門
橫亙在這個國度，
你所留下，只有草莽
依舊。是有一扇石門
關閉了沿江浪突的狂霧。

四十年，我們被劫林中，
如斷線傀儡：落落磊磊
且清潔得一無所有。
潮水暗中，你能點一星煙火嗎？
我來了，帶著甚於你的孤傲。

2010.5.18

一九四五年八月二十九日，郁達夫致王映霞

每夜深，蘇門答臘島在移動，
濃霧如明輪，嘎嘎轉如鬼哭，
把這世界帶到哪裡去呢？
我猶捆綁自己於浮島下做夢⋯⋯

銀梭魚擦過我的鬍子，唱著叮叮
咚咚的歌謠。我夢見自己大如大陸
在黑水中翻動龍骨。
我是哭著的煮海人，但海不再沸騰。

當你是平原、是玲瓏山谷、
是雪夜、是螢火明滅。
你是這一抹虛渺的國，五百萬卷
殘書載不下——這裡只有毒蛾颯颯

火雨一般燒我的眼簾、我的家。
家已毀，你否認，家走動如骸骨；
國已破，我否認，國從傷口中伸出
他的硫酸舌頭，舔我的傷口。

嗚嗚，兩個日本人和一個印尼人
跟我一起哭這海，它冷下去冷下去
轉眼到了冰點，轉眼豎起了
它的萬把刀刃。

國啊國，我縫補自己的左腹
在裡面藏納北平一夜、富春江一夜——
千燈耀眼。你收去吧！我全部的珍寶、
全部的自私、此刻突突不住的全部的血。

2010.6.15

紀念一位我素未謀面的詩人

秦王啊缺席如刺客。而我，像那
胖子，朝遍地的天意再三鞠躬
—— 張棗《醉時歌》

「保護刺客！有皇上！」
先講一個段子，一個中國段子。

傳說中你常醉，且哭，
一桌子珍饈也哭。嘩一聲你掀翻了北京。

聰明山、豔麗湖，在在都是野心，
歲月五花大綁，朝黑暗喊：放人！

一筷子一筷子，你吃著她，她
吃著你。牡丹們安排了宴席，火燒夜

不是在圖賓根。你身上的木匠揮汗
彷彿斫冰在北海深處，你身上的死亡師傅。

為全世界，你不認識漢語以外的語言。

你沉默，沉默是一個中國段子。

海開門吧，筆尖折斷了一艘戰列艦，
你用沙盤推演了一場從未發生的大戰。

寂靜的床榻下面，鬼在敲門，
你說你學習了上海主義，阿拉不是白相人。

啊這些鬼、這些鬼壘起了外白渡橋，
你箭步如簫，摸著了形雲的屁股。

我知道有一晚中國大霧，嚓嚓迸裂著丘陵和皮膚；
那些沒有影子的人，雙腳離地有一尺之遙。

一本詩集只剩下了十四行。你一邊撕
我一邊燒。火鍋裡浮沉著龍的大多數。

儂吃儂吃！你就是那個刺客吧？
到處都是朝廷，到處都是皇上，到處都是尖叫。

2010.7.17夜紀念張棗

七月二十九日台北訪商禽先生不遇

銀箔熠熠排開，大海落葉，
我上升時風在刪點我的骨骼。
華山樓說不出話的晌午，花栗鼠偷來
你的空中靈堂再細細打磨。

主席和總統一起在彈球台上謝幕
的狂怪夜。我的撲克牌和軍衣
燒成粉末，一個行星嬰兒，
「我看見滅火機在他的眼睛裡。」

而飛機在碎詩般雲上，
搬運山河林泉的人在凍雲般路上，
大風的上面也依舊橫疊了一百遍大風。
我和兩個孩子一起收拾了你的花籃，

舞台太空曠，我們走到島外
看太平洋如野溪，我們的故居無人。
我下降時風在列印我的骨骼，
銀箔熠熠排開，落葉大海。

2010.7.30台北返港機上

聽姚公白先生古琴

池顫動。

三千惡鬼靜聚於此池畔
弦弦相繼，渡否？不渡？

雪雪相疊，雪花空隙間有一席飛哉！
一席上，大酒痛飲著彩地獄

三千餓鬼睡著，夢見酒杯工廠
粉碎一地愛，一地水晶血

我們來摘下彼此頭顱，拋著笑著
黃昏吹暗雨，酩酊嵩裡路

三千酒鬼流成一線溪
漸凝凍，彈指點著小燈籠了

池夕闇，欲悲鴻。

2010.10.2

重陽後憶板樟山

那時候山上人很少，常常只有我一個人在走。
現在世上人很多，仍然只有我一個人在走。
黃昏來臨時我像野獸在山上林中眺望萬家燈火。
黃昏再來臨時我還像野獸在山上林中眺望萬家燈火。

2010.10.18夜

大嶼山晨曲

拂曉的過程如此緩慢，
薄霧中晨光輕掃遠山，
人好像在虛空中被交出
一個更巨大的輪廓勾勒出
太平洋的墓地。

寶船浮起，大雲浮起！
松鼠們在雲霄舉行秋祭，
我掩面是簌簌金粒落下，
我們裸身卻感到熾熱，
我們呼叫卻沒被淹斃。

機場停飛，霍金伸來黑樹枝，
你的一隻手阻擋著未來勝景，
另一隻手書寫消瘦的山巒，
「昨夜的穿牆人攜來
那瓶已經長出梅的春雨。」

2010.11.11

生日重讀《神曲》第一歌

在我們人生旅程的中途，
我長成了一座幽暗的森林，
嘴裡含著螢火，開口就是夜霧。

這腹中的蜜，喝著卻是苦，
無數獸暢眠在懸崖邊上，
我撫平了牠們的夢魘，卻貫矛於己。

礙於宇宙之美，我不能移動我
龐大的兵器庫一樣的身體，
我抱住若干星，透露若干的光。

在稍稍遮擋了烈日的屋簷下，
我看見孩子們在瘋玩中懷孕了雪，
老人們在雪的魔法中變成群鹿，四散於野。

霰雷怒喊 —— 我屏息坐在自己的樹梢上
不能移動我微弱的鳥巢一樣的身體！
我不能，不能痛飲這淋漓的大能！

願世人都飛向他們自己，
我藏起那山峭嶙嶙的左翼，海波熠熠
的右翼，側耳聽胸中熊的列車拉響汽笛，

心象於此寂寥。虛無若鳴鐘。
在一地碎紙中有人念起了《伊尼特》
有人擬演「喜劇」，相偕含笑終老。

2010.12.23

【三】

野蠻夜歌

火車越挨近北方的青你越遠
這是突瓦這是烏蘭巴托

我越是狂奔大路越是不見
這是風飄著刀這是雪灑下的劍

馬群亂，馬背上是悲傷的大軍
醉蹄下踐踏著我銀的嗓音

突瓦的啞巴，也比夜鶯婉轉
烏蘭巴托的夜，卻那麼靜那麼靜

我穿越中國又一夜又一個時代漠漠
就像千年前失敗的完顏

整個中國都熄滅了烤焦了
只有隧道裡有光，也被我一口口吃掉

蒙古利亞兀自跳著野蠻的舞
野蠻但是腰間的酒瓶叮噹響

我將於明晨來到你草原的邊緣
那裡雙聲渾濁那裡長調截斷

那裡是北京那個破城啊
可汗悲傷的大軍、瘋狂的大軍曾經占領。

2005.10.12夜車北上，聽蒙古民謠

野蠻夜歌‧一身醉馬蹄的踏印

一身醉馬蹄的踏印，傷如梅花；
一身碎銀，贈與冥冥押解人。

我仍是睡在上鋪的浮雲，
浮雲轉側，浮雲利牙，浮雲夢魘，展讀舊聞。

我身愈白，此車玄黃，病軀
不是箭，穿不過崎嶇世相——

它以二十面體病毒增生，
仍有人歌人哭，春風笑，黑山白水狂了。

我只帶一面鏡子上路，
名喚幻世鑒，照得空中彈撥手一隻。

萬里琴弦鏽斷，我聽見他在黃河上洗濯，
看不見，多少砂石湧心間。

2007.6.24夜 T98列車上

野蠻夜歌·重讀金史

風雪已凝定成山形拳屈
當我把雪陣拽過來當披風披上

道路已奔瀉如馬鬃雜血
當我剜出那金鏑、瑪瑙眼、雨刷上的冰

我兀坐零下十度的鐵箍中
從京城運向南方，如海東青、完顏亮

突突的馬蹄冒火，火是黛色海綿
死者咬住了我的鞭梢

一夜杭州大雪，這是我沒有路過杭州的一夜
這是眾生嚼冰的一夜，猴冠相列而過

如是掩鼻鬼魂。我兀坐時速百里
的鐵箍中，中原的風雪已糾結亂軍

這是我沒有路過中原的一夜，也沒有路過
安徽的劫灰、貴州的劫灰、湖南的劫灰

我拾起來、如鬵面者、做大黑無醒之夢
萬頭牛翻滾於翻騰的荒野

那死者，有人為我翻檢他粗魯的遺言
「一個是木頭，一個是馬尾……」

死者咬住了我的左腕，那上面蜿蜒的刺青
是你鐵卷不書的姓名

2008.2車過雪災區
2.16夜，詩成

野蠻夜歌·壇城

滾燙的車輪快要化成光，它燃燒著
給予我灰燼與火成岩的節奏

在莽荒的黑夜中，兩人對視
然後沉入各自的黑暗，我前伸的右手快要化成光

它只留下光。這時有一個老人走在世界之巔
他的燈籠熄滅，身體消散如風中壇城

伐木丁丁，我作為一把空斧伐木丁丁
我作為一個孤兵在亂雨般的炮火中伐木丁丁

在莽荒的黑夜中，我臆想自己在春湖中採萍
魚兒在我的倒影中閃現，吃掉了月亮

我被裝甲運兵車連夜運向南方戰場
悶罐中是我二十三個黑臉的夥伴

而死亡是在西方的高原發生，一顆星垂掛下來
它的輝芒是大家的屍衾

滾燙的彩虹快要握住我的手，它哭泣著
如果沒有人爲它繪一座壇城它將會哭泣到天明

2008.3.18夜—19晨，京深鐵路上

野蠻夜歌·殺劫

氣流仍然刺青著我，我拉下
不存在的皮帽，裹緊不存在的衣袍

甚至戴上防風墨鏡，鎖上快門
上的手指，直到一切不存在

機窗外已經有飛蛾蝟集，啃咬
機翼、高空中奔突的煙、雨、火

於是我閉眼在蜘蛛腹上繪畫壇城
左右旋轉，我只有黑白砂，來自萬家墨面

很快飛機就要不堪重負，如果我
堅持繪畫，我就是反對鑽石太平洋

反對太陽和黑夜之舞，反對高空中落葉
紛紛，反對四周的日本人、印尼人、地球人

我的城一邊建築、另一邊在倒塌
一邊爲萬世開太平、另一邊把羔羊屠殺

飛蛾塵集，示範光明的圖樣
我反對歷史，反對金剛杵，反對攝影

我向念想中取來的，我不辯一言
旋即把它放進黝黑的魚池中

反對我離開和降落的島嶼，也反對大陸
反對流雲盤卷、映紅我的沙漠

飛機將噴射著焰火，落入大嶼山
我的斗室。那是幸福的雙塔、仍然焚燒著

2008.4.26台北至香港飛機—4.27

野蠻夜歌·祭林昭、柏楊

虎口張著，巡道員高舉著一個模糊的東西
不知道是燈還是人頭，虎口光亮著

火在彎曲的鐵軌上漂，微弱如人說話聲
人仍滾滾，在乾涸河床上撿石頭懷揣著

列車的速度沒有減慢，70個幽靈仍拉不響
風箱歌唱，虎吞噬著陣陣夜霧，佷在彎腰

辨認著影和罔兩。人仍滾滾，懷中石頭
卻冰冷，漸漸變成煤、變成炭和粉——

在他們扔出的時候。虎口張著
巡道員吹響了嗩吶，70個幽靈一起

在白紙上畫字，用漸漸透明的手指
700個幽靈一起在白紙上畫字

7000個幽靈一起在白紙上畫字
70000個幽靈一起在白紙上畫字

700000個幽靈一起在白紙上畫字……
還不夠、還不夠，沙沙聲尚未變成風、變成雷

和刀——一九八九年，他在白襯衣上撕下
最白的部分，擦拭炎夏的寂靜

清晰地在空無中畫出自己的面容
墨色深濃。一九六八年，她在白床單上撕下

尚未染紅的部分，擦拭寒冬的血
清晰地在身體上縫上17萬言，針線密密。

這一切，你理應知道。你在囚房撕下
惡鬼的長袍，寫下瘴疫的歷史、四十年後的

江河曲折……在龍川，在贛州，在每個站台
人仍滾滾，猛虎一般的烏鴉投下了足夠的陰影。

2008.4.29

注：4月29日柏楊逝世，同日是林昭遇害40週年紀念日。

野蠻夜歌·憶南明

這白衣、黃帶束腰的鬼魂一直跟著我
跳過粵北的磷火、荊楚暗咽的寒水、
到如今河北、枯枝潦草，
銀地上寫殘缺的筆劃。

他死在346年前，
或者還多活了幾十年
取決於昆明庵中一夜，但不打緊
世界沒有因爲他的生死而改變。

列車的速度也沒有變慢，我的迷夢
也沒有陷入緬甸叢林 ——
但兵戈交加處的骷髏關
書寫者駐馬不前。天色明暗 ——

我突然攜帶了一個不死者的決心，
披著羞辱之甲、絕望之盔，
代替他擁抱光芒
在鐵路盡頭斜穿如劍。

取決於那夜，甚至是咒水之變的前夜，
吳三桂的幽靈、朱由榔的幽靈、
甚至是沐天波的幽靈
失聲叫喊，北京城，淋漓雨，牽機潸潸——

夢中不見了我李將軍。
那斷臂者、那噬心者、那吞炭者，
那帶一塊明鏡上車、倦遊者，
躡足在叢林深處漸靜的一淵碧水上。

2008.9.27九龍至北京列車

野蠻夜歌·雪鄉

寒冷在中國到肉爲止，骨髓屬於俄羅斯
倒生枯絮，山岡屬於不存在的水墨古代。

寒冷到雙峰林場的老人爲止，中年們
燥熱如骨堆生火，青年們死於當夜。

以雪爲墳者並不寧靜，鄉村震響「萬利」手機
來自南方的山寨，模仿林海裡信號彈閃爍。

落拓四野擺放著空蕩蕩的白枕頭，
巨靈們一夜間全部離去，迎風抖著皮毛

金粉栩栩。它們是中國的，卻不屬於這國度，
它們僅僅留下焦黑屍骸，成爲滯銷的山珍。

中國就是中國的紀念品。滿山雪來包裝，
滿山雪眨眼，而白樺林年復一年堅持拯救──

我開墾我，我燒荒我，我在舊雪上捲新雪如昨……
我是雪人，在狂奔卡車的司機座上融化。

但當入夜，做著黑甜夢的山雕就會叫醒我：
「老楊，老楊，雪驟風緊，能酌一杯無？」

十二個強盜滑雪而過。寒冷到一九四八年為止，
六十個冬天琢冰丁丁，旋化作燒柴劈啪。

2009.2.1雙峰林場─哈爾濱

文學叢書　324

八尺雪意

作　　者	廖偉棠
內頁攝影	廖偉棠
總 編 輯	初安民
責任編輯	陳健瑜
美術編輯	林麗華
校　　對	謝惠鈴

發 行 人	張書銘
出　　版	INK 印刻文學生活雜誌出版有限公司
	新北市中和區中正路800號13樓之3
	電話：02-22281626
	傳真：02-22281598
	e-mail：ink.book@msa.hinet.net
網　　址	舒讀網http：//www.sudu.cc

法律顧問	漢廷法律事務所
	劉大正律師
總 代 理	成陽出版股份有限公司
	電話：03-3589000（代表號）
	傳真：03-3556521
郵政劃撥	19000691 成陽出版股份有限公司
印　　刷	海王印刷事業股份有限公司

港澳總經銷	泛華發行代理有限公司
地　　址	香港筲箕灣東旺道3號星島新聞集團大廈3樓
電　　話	(852) 2798 2220
傳　　真	(852) 2796 5471
網　　址	www.gccd.com.hk

出版日期	2012年7月　初版
ISBN	978-986-6135-94-1

定　價　　240元

Copyright © 2012 by Liu Wai Tong
Published by INK Literary Monthly Publishing Co., Ltd.
All Rights Reserved
Printed in Taiwan

國家圖書館出版品預行編目資料

八尺雪意／廖偉棠 著；
--初版.--新北市中和區：INK印刻文學，
2012.07　面；　公分.（文學叢書；324）
ISBN　978-986-6135-94-1（平裝）

851.486　　　　　　　　　　101008864